「よかろう。望みには応えねばな」
「そ……うあっ、あああぁ」
そんな怖い期待は誰もしていないとの反駁も届かず、
猛々しい突きあげが始まった。

AZ NOVELS

平安時空奇譚　覡《かんなぎ》の悠久の誓い

牧山とも

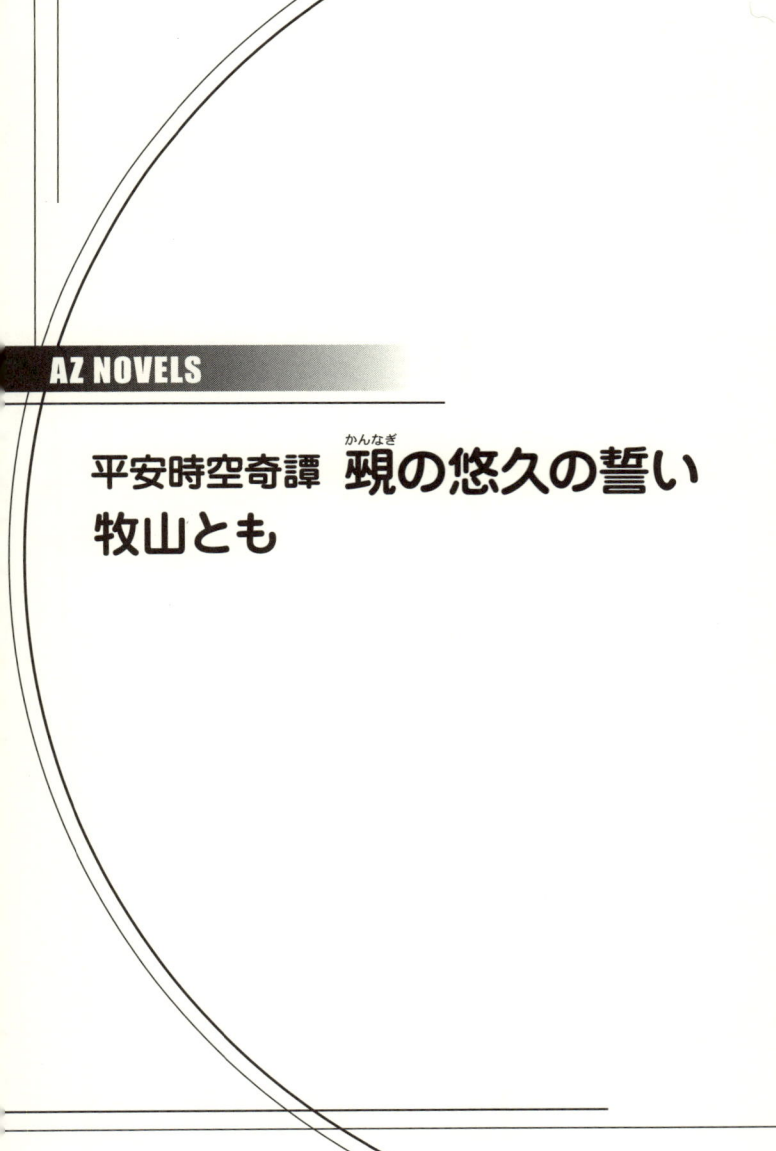

CONTENTS

CONTENTS

ILLUSTRATION
SILVA

おそれいりますが
50円切手を
お貼りください

郵便はがき

1010051

東京都千代田区
神田神保町2−4−7
久月神田ビル7階
株式会社イースト・プレス
アズ・ノベルズ係 行

お買い上げの
本のタイトル

ご住所 〒

電子メールアドレス

(フリガナ)

お名前

ご職業または学校	年齢	性別
	歳	男・女

アズ・ノベルズをお買い上げいただき、ありがとうございました。
また、ご記入いただきました個人情報は、企画の参考以外では利用することはありません。

☆お買い上げ書店　　　　　　市区町村　　　　　　書店

☆アズ・ノベルズをなんでお知りになりましたか？
a.書店で見て　b.広告で見て（誌名　　　　　　　）　c.友人に聞いて
d.小社ＨＰを見て　e.その他（　　　　　　　　　　）

☆この本をお買いになった理由は？
a. 小説家が好きだから　b.イラストレーターが好きだから　c.表紙にひかれたから　d.オビのキャッチコピーにひかれたから　e.あらすじにひかれたから
f.友人に勧められたから
g.その他（　　　　　　　　　　）

☆カバーデザイン・イラストについてのご意見をお聞かせください。

☆あなたの好きなジャンルに○、苦手なジャンルに×をつけてください。
a.学園もの　b.社会人もの　c.三角関係　d.近親相姦　e.年の差カップル
f.年下攻め　g.年上攻め　h.ファンタジー　i.ショタもの
j.その他（　　　　　　　　　　）

☆あなたのイチオシの作家さんはどなたですか？
小説家（　　　　　　　　　　）
イラストレーター（　　　　　　　　　　）

☆この本についてのご意見・ご感想を聞かせてください。

ご協力ありがとうございました……………………………………………

覡《かんなぎ》の悠久の誓い

◇◆◇

三浦《みうら》秀輔《しゅうすけ》の朝は異様に早く、ほとんど毎日、午前二時頃には起きている。

当然、外はまだ真っ暗である。現代ならば草木も眠る丑《うし》三《み》つ時《どき》の夜更けで、大半の人間は睡眠中の時間だ。

しかし、秀輔が現在いる世界は事情がかなり異なっていた。

冗談のようだが、ここは今の世を千年以上遡《さかのぼ》った平安時代なのだ。従って、二十一世紀と違って社会が動き出す時刻の繰りあげ具合が半端ではない。

サマータイムでも追いつかないほど甚《はなは》だしい、約六時間もの前倒しぶりだ。そのかわり、仕事の終業時間も早かった。

知識として承知とはいえ、超朝型生活を実際に体験してみると意外に骨が折れた。

体内時計の調整と環境の変化に慣れるのに、思った以上に手こずった。

タイムスリップ直後は、とにかくなにもかもが夢であればいいと毎日願い、目が覚めるたび、まだ異次元にいると悟って落胆した。

そもそも、時空を超えるなんていう馬鹿げた境遇は信じられなかったし、信じたくない気持ちでいっぱいだった。それでも、己が本来いる場所ではないところにいるのは如実で、どうしようもなかった。

いきなり、たったひとりで異世界へ抛《ほう》り出された心許《こころもと》なさときたらない。ただでさえ混乱の極致に陥っているのに、現地の社会や慣習に即座にとけこむ芸当は自分にはできなかった。

生まれてこの方、二十年間培ってきた常識をごく短期間で根底から覆して周囲に倣うのは困難を極める。だから、崩れそうになる気力と矜持《きょうじ》を現代への帰路探索で保ち、絶対に帰れると自らに言い聞かせつづけた。

その努力の甲斐《かい》なくすべてが無駄に終わり、二度と未来には帰れないと痛感して、遅ればせながら緊張の糸が切れたのだろう。

それまでの空元気もさすがになりをひそめ、秀輔はもの憂い状態に陥った。そして、ずっと張っていた気が途切れたあとのほうが精神的にこたえるものだとも実感する。

持ち前の好奇心を発揮して楽しんでいたさまざまな平安情緒リアル体験も、今後は日常になると覚悟しなくてはならずに滅入った。

当たり前だが、旅行気分の非日常でいるのと、平常の生活での心構えは雲泥の差だ。

日々突きつけられてのしかかる現実に、次第に打ちひしがれていった。

ほんの些細《ささい》なことも現代の暮らしと比べては郷愁を誘われ、己の身に降りかかった事態と不慣れな環境にもうまく適応しきれず、体調を崩しがちになった。

一度はあきらめたものの、たぶん、無意識に気持ちがこの状況を許容したくないと拒絶反応を起こしたのかもしれない。そんな傷悴《しょうすい》しきった秀輔を支えたのは、還郷は不可能という事実とは別に、こちらの世界へとどまる決意をさせた仲野光玲《なかのみつあき》だ。

憚《はばか》りながら、光玲とは紆余曲折《うよきょくせつ》を経て心を通わせた恋人同士である。同性相手など論外と当初は反発しつつも、気づけば彼に惹《ひ》かれていた。

生まれついてのエリート貴族で頭中将《とうのちゅうじょう》の光玲は親の七光だけでなく、品格や風格も兼ね備えている平安公達《きんだち》だ。帝のおぼえもめでたく、本人の実力的にも学問、芸術、武道となんでもそつなくこなせた。

左大臣家の嫡男としての世間的な評判も高いと聞く。とりわけ、舞の名手ぶりはつとに知られていて、彼の容姿端麗さと相俟《あいま》って舞っている姿は格別だ。宮中行事等での演舞者に指名されたり、有力貴族の邸《やしき》に招かれることも多いようだ。

性格は鷹揚《おうよう》かつ現実主義者で、はっきりとものを言い、ものごとにあまり動じない。

高級貴族の子息らしくナチュラルに上から目線だが、基本的には優しくて懐が深かった。こういう性質だから、イレギュラーな自分の存在と非常識極まる入れ替わりタイムスリップを驚きながらも甘受できたに相違ない。

帝に頼まれたせいもあるにせよ、なにくれとなく面倒をみては気にかけてくれた。

この光玲が、初めて会ったときと同様に時間が許す限りそばにいて慰めては、愛を囁《ささや》いてくれたのだ。

国際結婚さながらに互いの生い立ちや文化に隔たりがあり、異世界で過ごすストレスも重なって八つ当たりする秀輔ごと、光玲はいつも包みこむように接してくる。

その余裕綽々《しゃくしゃく》ぶりにもいらっときて、秀輔の暮らしでは当たり前にあったライフラインをはじめ、コンビニもファストフード店もパソコンもないなんて不便すぎると、愚にもつかないことで癇癪《かんしゃく》を起こしもした。

彼にはまったく理解不能な台詞《せりふ》だろうに怒りもせずにただ寄り添って宥《なだ》め、受け入れてくれる温然さに、どれだけ救われたか知れない。

少しでも慰めになればと、珍しい品々や菓子類、秀輔が好きな和テイストな小物類などを取り寄せたり、人目が限られた場所へ遊山に連れ出してくれたりと心を尽くしてくれた。

情緒不安定な自分が悪いとわかっている秀輔が悄然《しょうぜん》と謝るつど、光玲は気にするなと笑い飛ばした。

「そなたを甘やかすのは私の趣味だ。際限なくどこまでも甘くなれる自信があるから、心配せずともよい」

「…悪趣味すぎるだろ」

「それゆえ、癖になったのかもしれぬな」

「なんだ、それ」

「いわば、秀輔狂いだ」

「はあ？」

穏和で快闊《かいかつ》な彼がそばにいて、根気強くあやしつつ大切にしてくれたからこそ、時空を隔てた右も左もわからない不案内な世界で正気でいられたのだと思う。そうでなければ、激変した状況での暮らしをいつまで経っても本当の意味で容認しえなかったはずだ。

いくら人よりは神経が図太くできているにせよ、こんな憂き目に遭ったあげく、家族や友人とも二度と会えないとあってはメランコリックにもなる。

言葉や人種が違う外国に置き去りにされたほうが、たぶんまだ全然ましだ。同じ次元にいさえすれば、どんなに時間がかかろうともどうにか手段を講じて帰還できるが、時空を超越されてしまっては手も足も出ない。

これで、多少なりとも精神的に参らないわけがなかろう。ホームシックだって重症化しておかしくあるまい。

ひどくセンシティブになった秀輔に、光玲の乳兄弟で側近の悠木《ゆうき》もとても優しかった。

本当の兄みたいに親身になっていろいろと世話を焼いてくれて、頻繁に度を過ぎて秀輔を抱きつぶす主人をさりげなく諌《いさ》めてくれたりもする。

依然として恋愛方面もあけすけな主従関係は残念なれど、文化的にこちらが慣れるしかないと諦観《ていかん》せざるをえなかった。普段かかわりが多い悠木に敬遠されたり嫌われたりするよりは、恥を忍んで良好な関係でいられるほうがいい。

秀輔の存在自体が極秘で行動に制約があった中、ふたりのおかげで一時期の気鬱《きうつ》もどうにか乗り越えられた。

彼ら以外にも、今上帝・雅仁《まさひと》の甥《おい》で僧籍に身を置く澄慶《ちょうけい》や、左大臣家に仕える武人の早良季忠《さわらとしただ》もなにかと心を配ってくれて、本来の自分を徐々に取り戻せた。その頃には、秀輔がタイムスリップしてきてから三か月強が経っていた。

髪も少し伸びて、後ろ髪は毛先が肩につくほどになっている。伸ばしたことなどないのでいささか鬱陶《うっとう》しいが、結える長さになるまでは仕方ない。

冠や烏帽子《えぼし》を被《かぶ》る際には、現状では悠木苦心の策で上げた前髪のみ収納し、サイドの髪は耳にかけて撫《な》でつけていた。これだと、正面から見た限りはそれなりに見える。ちなみに、短期間で秀輔はかなりの衣装持ちになった。

光玲が反物を仕入れてきてはどれも似合うと言って、月に何着も衣服を仕立てるせいだ。束帯や直衣《のうし》、狩衣《かりぎぬ》などいくつもあって困るほどだ。

高価な絹織物ゆえに遠慮するも、見立てるのが楽しいと聞きやしないので増える一方で参る。

情緒不安定からくる体調不良で少々落ちた体重も、そのうち回復するだろう。

季節はすでに風薫る初夏を迎えており、青葉に照り返る陽射しも目に眩《まぶ》しい。空気も爽《さわ》やかで、芽吹き時とはまた異なる躍動感に溢《あふ》れた時節の到来だ。

そういう時期を光玲と心穏やかに過ごし、もうすぐ雨の時季が訪れる折、出仕から戻った彼が言った。

「明日はそなたも清涼殿《せいりょう》に連れて参るようにと御上が仰せだ」

「え?」

「そのように心得ておいてくれ」

「うん」

帝からの呼び出しに、秀輔が首をひねった。帝と近々で顔を合わせたのは、たしかひと月半くらい前になる。

もしかしたら、泰仁《やすひと》の話をまた訊《き》きたいのかなと思った。なんといっても、帝の第二皇子で皇位継承二位であり、東宮・直仁《なおひと》と同腹の弟の泰仁が先頃、入れ替わりタイムスリップの犠牲者第二号に遺憾にも選ばれている。

それは、東宮と泰仁兄弟、光玲と秀輔の四人で東宮御所で珍しい書物を持ち寄って談笑中に発動した。

「この巻物はなんだ?」

「あ!」

東宮の手持ちの中から、泰仁がふと取りあげた薄緑色の巻物を見て秀輔は顔色を変えた。

なんでそんなものがここにあるんだと焦りつつ、迂闊《うかつ》に触れてはだめだと注意を促す寸前、巻物から閃光《せんこう》がほとばしったのだ。

嫌でも身に覚えがある状況にいちだんと秀輔は焦慮したが、眩しさに目を焼かれて怯《ひる》む。

「な、なにごとだ!?」

動揺もあらわな泰仁の声に被せて、東宮と光玲が片手で目を庇《かば》いつつ叫んだ。

「泰仁！」

「二の宮さま!!」

「あ、兄君……光玲っ」

「巻物を離すんだ！」

あまりに突然すぎるできごとに惑いながらも、局地的に吹き荒《すさ》ぶ風と眩《まばゆ》い閃光の中、光玲が泰仁を助けようと果敢に試みた。

秀輔も、泰仁が手にしている巻物を手離すよう双眸《そうぼう》を凝らして再度喚《わめ》いたが、三人の眼前で泰仁は時空を超える鍵《かぎ》となる例の巻物の中に引き摺《ず》りこまれて、なんの跡形もなくその場から消え失せてしまった。

なにごともなかったように静まり返った室内で、全員しばし呆然《ぼうぜん》となる。

「……なんたることだ。泰仁が…」

「東宮さま」

緊急事態発生で最初に我に返ったのは、やはり光玲だった。

蒼白《そうはく》な顔で周章する東宮を励まし、直ちに帝へ知らせるよう進言した。

上申を受けた帝は、まさか泰仁がと仰天して暫時沈痛な面持ちになったものの、秀輔の出現で仔細《しさい》を弁《わきま》えていたせいか、息子が消息を絶って早々に事の収拾を図った。

泰仁は病で急逝した。本人の意向もあり、異例だが葬儀は密葬で執りおこなったと唐突に人々へ公言したのだ。

皇后で泰仁の母宮はショックで寝こんだらしいが、帝と東宮、孫宮らに手厚く慰められて徐々に立ち直りつつあるという。

他の宮廷貴族たちも少なからず驚愕《きょうがく》したにしても、どんなに突拍子がなかろうと、この時代では帝の発言力と影響力は絶大だ。

なにか裏があるのではと陰で噂《うわさ》する程度で、表立って異を唱える者はいない。とはいえ、常は飄々《ひょうひょう》としている帝も、なにかと気にかけて可愛《かわい》がっていた我が子が消えたとなると、さすがに心配らしかった。

陰陽頭《おんみょう》の安部清嗣《あべきよつぐ》にあらためて詳細を聞き、泰仁が秀輔の世界へ、おそらくはその家族のもとに飛ばされたはずと知って以来、いろいろと訊《たず》ねたがる。

凄《すさ》まじくおっとりした性格で頼りなげな泰仁を知るだけに、帝の懸念もわからないではなかった。しかも、こちらの時代の知識をそこそこ持っている後世の自分と違い、平安人の彼らは千年後の世などまったく想像もつかないに違いない。

秀輔の比でなく、泰仁は自身がいた世との差異に大混乱になっていてもおかしくなかった。前もって彼が飛ばされるとわかっていたら予備知識を教えられたのにと、我が身に置き換えて胸が痛んだ。

そのため、なるべく史実にさし障りが出ないよう腐心しながら現代について話すたびに胡散《うさん》くさい目つきをされたり驚嘆されたりしつつも、入れ替わりタイムスリップの仕組みを承知の三浦家の面々が世話をしているはずだから大丈夫だと請け負っていた。

泰仁と自分は、年も一歳しか違わない。泰仁の素直な性分もあり、両親は言うに及ばず、兄姉も弟のように可愛がるだろう。

孝宏《たかひろ》の、兄としての責任感溢れる温厚な一面しか知らない秀輔は、男としての彼がハードすぎる性的指向主とは努々《ゆめゆめ》思わない。まして、泰仁がその標的になって大変な目に遭っているなど想像もしなかった。

泰仁が少し落ち着いたら、家族に自分の無事を伝えてもらえるといいと呑気《のんき》にかまえる。

「泰仁のことかな」

「いや。そなたの今後について御沙汰《さた》があるそうだが、秀輔。二の宮さまか、せめて宮さまと呼ばぬか」

「あ。そうだった」

「まったく、そなたは…」

「気をつけるって」

「ぜひ、そう頼みたいものだが」

「大丈夫だし」

溜《た》め息《いき》まじりに光玲に戒められて、秀輔が肩をすくめる。

遅まきながら、貴人に対する言葉遣いをあらためようと心がけている最中なのだ。

澄慶はもちろん、季忠へも丁重な話し方にチェンジしたら、当初は妙な顔つきをされたものだ。こちらの世界に馴染《なじ》む一環と理由を説明すると、ふたりとも練習台を快く引き受けてくれた。

一応、光玲にも適用しようとしたけれど、笑っていなされた。

「私はかまわぬ。いまさらだしな」

「なんだよ。どうせ俺には無理とか思ってるんだろ」

「いいや。私にとっては、天衣無縫なそなたが愛《いと》しいだけだ。それに、なんの気兼ねなく、ありのままのそなたでいられる相手がこちらの世にひとりくらいいてもよかろう」

「光玲…」

「生涯そなたひとりを愛しぬき、拠《よ》り所になると約した私の赤心だ」

「そ……」

甘ったるくも包容力たっぷりな台詞に胸を撃ちぬかれたが、照れくさくて『光玲には雑でいいか』と混ぜ返したのを可愛くて仕方ないといった眼差《まなざ》しで見られて困った記憶も新しい。

無論、光玲への話し方も、人前ではきちんとする気配りは秀輔にもある。自分のせいで、彼が周囲から変なふうに取られるのは避けたかった。

だいいち、現状は心がけが違う。

以前はこちらの世に居つくつもりはこれっぽっちもなかったし、違う環境に即適応もできずにあえて現代流で押し通していた。

封建社会の厳然たる身分制度を頭ではわかっていても、実際にそういったシステム下での生活が未経験ゆえの躊躇《ちゅうちょ》も大きかった。加えて、権力者と言われたところで自分の時代の偉い人なわけではないしと、どこか実感が薄かった感も否めない。

そのときは異分子との意識しかなく、そう簡単に平安社会へ適合できるほど順応性も高くなかった。なにより、あくまで自分はこの世界の一員ではないと強く信じることで、挫《くじ》けそうになる気持ちを奮い立たせていた。

しかし、この時代で生きていくと腹を括《くく》ったいまは、郷に従おうと鋭意努力中だ。

自分で言うのもなんだが、秀輔とて由緒ある格式高い神社の子供として、ひととおりの礼儀は厳しく躾《しつ》けられて育った。なので、その気になりさえすれば、適宜の応対はできる。

ただし、現代の丁寧な言葉遣いがそのまま通用するかはちょっぴり疑問だ。

貴族相手はまだしも、問題は帝と皇族で、最上級の敬語の使用方法が我ながら非常に怪しかった。こういう部分も、光玲や澄慶に習って地道に覚えていくしかない。

そうして翌日、人目につかない刻限に光玲とともに参内した秀輔は、人払いされた清涼殿で帝と東宮に拝謁した。

「ひさしいの、秀輔。息災か」

「はい」

苦み走った美中年の帝は、相変わらず気高さと貫禄《かんろく》が抜群だ。二十四歳の東宮を筆頭に、七人もの大きな子供がいる四十男とは思えない若々しさもある。

そばにいる東宮も似た面差しだが、父親よりも若干穏やかな印象が強い。

「御上におかれましては、ご機嫌麗しく、ご健勝でなによりでございます」

まずは、上々の滑り出しだ。東宮にもなんとかぼろを出さずに挨拶《あいさつ》をすませたところで、おもしろそうな表情の帝が脇息《きょうそく》に肘《ひじ》をついたリラックス姿勢で口元をほころばせた。

「なるほど。珍奇で無礼な口のきき方も一興なれど、光玲の躾《しつけ》の賜物《たまもの》か」

「秀輔もやればできるんだね。元々見た目が雅《みやび》やかだから様になってるよ。本性を知らない者はごまかせるんじゃないのかな」

「たしかに。この程度に化けられるならば、人前に出しても大事には至らぬな」

「秀輔は口を開くと台無しですからね」

「左様」

優雅な口調でのやりとりだが、内実はいたって失礼だ。

現代にいた頃も、友人から見た目と中身のギャップがありすぎると嘆かれていたので図星を指されたにせよ、放っておけと不貞腐れる。

「……御上、東宮さま。もしや、わたしに喧嘩《けんか》を売っていらっしゃるのでしょうか？」

「…秀輔」

「しかし！」

「控えよ」

散々な言われように頬《ほお》を引き攣《つ》らせた秀輔が買う気満々で上座のふたりを軽く睨《にら》んでいると、隣にいる光玲が片手でこめかみを押さえて呻《うめ》いた。

言葉遣い以前に態度が不敬だと早速窘《たしな》められ、むくれる。

口調が丁寧なだけで暴言に属す内容との自覚はあっても、両者の言動が原因なので納得がいかない。それでも、促されて渋々謝ったら、親子にそろって笑われた。

「やはり、なんとも愉快だな。そなたは」

「本当に。見ていて飽きないね。今度、ぜひ崇仁《たかひと》の遊び相手になってほしいな」

「……くっ」

今年で八歳になる親王のおもちゃに最適と見こまれてもちっともうれしくない。いっそ迷惑だ。

ちなみに、東宮の子息は光玲にとっては甥にあたる。光玲の姉の香子《こうこ》が、数人いる東宮妃のひとりなのだ。

「それは非常によい案だ。君主たるもの、世には多様な生きものがいると心得て、常に平静な心で対応せねばならぬゆえな。幼いうちより慣らしておいて損はない。崇仁にも貴重な勉強になるだろう」

「御上の同意を賜われて光栄です」

「……わたしは承服いたしかねます」

「だから、秀輔。口を慎まぬか」

「う……はい」

再度忠告してきた光玲を、恨めしげに横目で見遣《みや》った。

不本意な珍妙生物扱いに、人をなんだと思っているんだと秀輔が胸中で唸《うな》る。俄然《がぜん》、言い返したかったのはやまやまなれど、現在、平安人の感覚を絶賛会得中の身だ。

最高権力者に楯突《たてつ》くなどもってのほかだと、光玲の先日の言葉も思い出しつつ反抗心をこらえた。

会えば必ずからかってくるものの、帝も東宮も秀輔の家族に泰仁が世話になっていることに恩を感じているそうだ。

いなくなった泰仁のかわりに、秀輔を慈しんでもいるのだとか。

このあしらいでかと真顔で指摘したくも、おそらくは清嗣の口添えもあってか、秀輔が元は未来の人間なので少々勝手が違っていても当然だし、まったく気にしていないという。さらに、慣れない世で暮らす秀輔をいたく不憫《ふびん》に思ってくれているらしい。

考えてみると、そうでなかったら不敬罪でとっくに投獄される封建社会とわかる分、寛大な処置に感謝しなければならない。

たしかに、厳格なピラミッド構造の頂点に君臨する支配者にしては、驚嘆に値する物分かりのよさと許容力だ。今上帝の気質が元々おおらかゆえの厚遇で、これが別の帝だったらこうはならなかった確率が高い。

光玲とは別に、これほど心強い庇護《ひご》者はいないと理解している。でも、なんとなく遊ばれている感じがして微妙と密《ひそ》かに歯軋《はぎし》りする秀輔に帝がつづけた。

「さて、本題に入ろう」

「はっ」

諸々《もろもろ》の情は涙を呑んで抑えこみ、居ずまいを正す。

「今日そなたを呼んだのはほかでもない。政もひと段落つき、先頃、賀茂《かも》の祭《まつり》も終えてようやくわたくしも公務が落ち着いたのでな。遅くなったが、そなたの身の振り方を決めた。まずは身分についてだが」

「はい」

通常なら御簾《みす》越しの対面が常套《じょうとう》なのに、光玲と秀輔だけのときは、帝は堅苦しいと言ってなんの隔たりもなく話す。そんな帝を、神妙な面持ちで見つめる。

光玲は事前に聞かされていたようだが、口止めされているらしく訊いても教えてくれなかった。

「そなたには、正三位を授ける」

「えっ!?」

「不満と申すか」

「と、とんでもないことです。身に余る光栄、恭悦至極に存じます」

「うむ」

しかし、ある意味あまりにも位高《くらいだか》すぎて不満と言えなくもない。なんといっても、ぽっと出の一般人でしかない自分が生粋の高級貴族である光玲よりも高位なのだ。

どれくらいすごい位かというと、臣下の中で正三位以上の官職は太政大臣と左右の大臣しかいないハイグレードな地位である。

いきなり超上位クラスの身分を与えられて驚愕したが、ここで固辞しようものなら光玲にまた睨まれそうでやめておいた。せいぜい下級役人レベルの位につかせてもらい、なにか仕事もできれば充分と思っていたのに想定外の大盤振る舞いだ。

思いがけない処遇に、正直、当惑した。たぶん、帝にとっては秀輔を昇殿させるために便宜を図ったにすぎまい。

それにしても、破格の待遇といえた。

なにしろ、正三位とは昇殿が許された殿上人で、いわば特権階級に入る。貴族内でも、その栄誉に与《あずか》りたくとも与れない者がほとんどなのだ。貴族の身分はほぼ世襲といっていいから、なおさらである。

要するに、左大臣の嫡男の光玲は、現在は彼の従四位上という位階に応じて頭中将という官職に就いているが、よほどのことがない限り、将来は父親の地位を継ぐという原理だ。

同様に、下級貴族出身だと、職務等で華々しい功績を残すとかしないと、それ以上の地位に就くのは難しい。

つまり、アッパークラスに生まれついた者は一定の身分が生涯約束されており、自動的に位も職も昇格する。

この時代は皇族とは別に、臣下の位階が正一位から少初位下の三十階に分けられていて、正五位より下の身分の者は一生、帝に目通りすることは叶《かな》わない。

即ち、五位と六位の間でかなりの格差があるのだ。

現代の会社組織風、それも世界的な大企業になぞらえるなら、帝は会長兼ＣＥＯ（最高経営責任者）に相当する。

光玲が聞いたら、そんなものより帝が至尊だし、喩《たと》えることすら畏《おそ》れ多いと絶叫されかねないので胸の裡《うち》で思うにとどめた。

ついでに言うと、ナンバー２の正一位・太政大臣はＣＯＯ（最高業務執行責任者）、正二位で光玲の父親の左大臣は社長、従二位の右大臣が副社長、納言は専務で参議が常務だ。

光玲は執行役員あたりで、清嗣は相談役といった感じか。そして、正三位の秀輔は社外取締役、正六位以下は一般社員と想像できる。

中小企業はともかく、超巨大企業において、普通の社員がＣＥＯに個別に会うことはまずないだろう。逆に、役職者らはその機会に恵まれている。つけ加えるなら、秀輔の場合はいわば縁故入社であり、新入社員でいきなり肩書きが取締役といった具合だ。

光玲みたいなサラブレッドの社長令息ならともかく、たかだか神職子息の秀輔は困惑を覚える一方で、高給そうだとこっそり胸を弾ませた。

給料は果たしていくらくらいなのか、初任給でなにを買おうか。きっとボーナスもすごいかもと夢を膨らませていると、帝が鷹揚につづけた。

「あと、その身は引きつづき、後見役を兼ねた光玲にあずける。よいな、光玲」

「御意」

「もうひとつ、秀輔は中務省陰陽寮への勤めを命じる。わたくしの清嗣の下で、陰陽道修行と勉強に励むがよい」

「はい？」

勤め先が律令制における太政官に置かれた八つの中央行政官庁である八省なのはいい。さしづめ、現代でいう霞《かすみ》ヶ《が》関《せき》勤務のキャリア官僚だ。けれど、役人の仕事だけならまだしも、なぜに配属先が陰陽寮で、なおかつ陰陽道修行をしなければならないのだと訝《いぶか》った。

コネ入社でも、なるべくなら目立たない方針でいくつもりの秀輔だ。分不相応な正三位の身分を賜ったにしろ、これまでどおり人目は避けていこうと考えていた。

なにせ、この時代に、それも政治の中枢に近い位置に自分が存在することになっているだけで、けっこうな大事だ。

泰仁がいなくなって秀輔が現れた以上の波風を立てるのは厳禁だろう。

さしもの秀輔も、歴史を大幅に変えてしまう事態には禁忌があった。ゆえに、故事に抵触しそうな話題は、なるべくしないよう念頭に置いている。大学のゼミで中世史史料学を専攻していて、史実の重要性を認識している分、より慎重に振る舞わねばと思っていた。

尤《もっと》も、仕事は欲しかったが、できるだけ閑職が望ましい秀輔は、清嗣も苦手なあまりつい文句をつける。

「お待ちください、御上。どうしてわたしが陰陽寮に勤める上、陰陽道について学ばねばならないのでしょうか？」

「なんとなくだ」

「な……」

「まあ、励め」

「いえ。あの……そう、仰せになられましても…」

単なる気まぐれと言わんばかりにあっさり答えた帝に唖然《あぜん》となった。よもや、帝なりに秀輔の家系を鑑《かんが》みての采配《さいはい》とは考えもしない。

すべての発端となった入れ替わりタイムスリップシステム制作者である先々代の陰陽頭が三浦家の始祖とあり、その末裔《まつえい》の秀輔にもなんらかの才能が受け継がれていたらおもしろいとの帝の悪戯《いたずら》心による実験だ。

秀輔の思いつき論も、あながち間違ってはいない。途方に暮れた佇《たたず》まいの秀輔を楽しげに眺めながら、帝が双眸を細めた。

「清嗣にはすでに話を通してあるゆえ、明日から早速、出仕してかまわぬ。そなたについては、おもだった殿上人にはわたくしから話しておこう」

「その、御上。できることでしたら、わたしは陰陽寮以外で…」

なんとか前言を撤回してほしい秀輔の言は、故意に音を立てて檜扇《ひおうぎ》を閉じた帝の動作で途中で遮られた。

「今日からはもう人目を憚らずともよい。話は以上だ。光玲」

「畏《かしこ》まりました。さ、秀輔」

「え?　ちょ…っ」

しぶとく食い下がろうにも、帝はすでに聞く耳を持っていない様子があからさまだし、このあと朝議が控えていると言われては退出せざるをえなかった。

御所を出て自宅の三条邸に帰る間、牛車《ぎっしゃ》内でぼやきまくる秀輔を光玲が宥める。

「身分と仕事をくれたのはすごく感謝してるけど、陰陽寮勤務と陰陽師弟子入りに関しては納得できない」

「そう申すな。御上の御配慮だ」

「嫌がらせの間違いだろ。だって、上司があの能面冷血漢だし」

「ああ見えて、情に濃《こま》やかなお人柄だが」

「…おまえ、あの冷酷男に呪《のろ》いでもかけられてるのか？」

清嗣擁護に回った光玲の言い分に耳を疑った。呪詛《じゅそ》もしくは洗脳疑惑を露骨に抱いて、あれのどこがいい人なんだと顔を顰《しか》めた秀輔に、彼がまさかと苦笑する。

初対面から印象が悪かった清嗣は、帝と東宮以上に不得手だ。悪意を持ってなにかされたわけではないが、とにかく近づきたくなかった。

毛嫌いする秀輔を諭しつつ、光玲がいくらか声をひそめて呟《つぶや》く。

「そなたの個人的な感情はともかく、安部殿が信用に足る傑物で、稀代《きだい》の陰陽師であることに間違いはない」

「そうかあ？」

「そして、御上に最も近しいお方だ。そういう人物にそなたを託したとなれば、その上にこの私が後見役となれば、表立ってそなたを軽んじる者はいまいな」

「あ。それって…」

秀輔の存在が公になることで生じる騒動や人間関係における軋轢《あつれき》を見越し、帝の信頼が厚い光玲と清嗣で完璧《かんぺき》な布陣をしいたのだと示唆された。

仮に、この先、帝が譲位して東宮が即位したにしろ、現状維持は可能だ。しかも、次代の東宮筆頭候補は現東宮の親王で、光玲の甥になる子とくれば盤石のかまえだろう。

今の東宮の治世で秀輔が己の基盤を確固たるものにできれば、後顧《こうこ》の憂いはなくなる。できなくても、その息子、崇仁の代も約束されているのだ。

あらゆる事態に備えた帝の取り計らいだと説かれて、なるほどと心を入れ替えた。

なにも考えていないふりで、実は深慮遠謀タイプらしいと帝をちょっと見直す。

「御上って、意外と腹黒かったんだな」

「……もっとましな言い方はできぬのか」

「褒めてるんだけど？」

「その思考がすでに僭越《せんえつ》すぎる」

「敬服してるのにだめなのか。なかなか難しいな」

「そなたの扱いのほうが難儀だ」

「そんなことないだろ」

「ある」

即答して嘆息する光玲にムッとしつつも、平安社会に馴染むさらなる努力を約定して数日後には、秀輔は早くも挫折《ざせつ》しそうになった。

件《くだん》の清嗣が、予想をはるかに上回る遠慮なしの厳しい指導をしてきたせいだ。

光玲に伴っての出仕後、ほぼ毎日、陰陽寮内の一室で清嗣からマンツーマンで扱《しご》かれている。

おかげで、大多数の貴族や他の人目についていないのは不幸中の幸いか。

無論、陰陽寮の官吏たちは例外だ。出仕初日に清嗣から紹介されて挨拶をしたとはいっても、清嗣以外の同僚のほとんどが秀輔より身分が低いためか、新入り相手にもかかわらず、全員がとても丁重に接してくる。

帝の勅旨による出し抜けの配属なのも一因かもしれなかった。

皆どこか躊躇《ためら》いがちで、気のせいではなく遠巻きにされている。口惜しいが、仲良くなるには時間がかかりそうだった。

それはともかく、鬼上司の手ほどきは苛烈《かれつ》を極めた。

清嗣の愛弟子《まなでし》で、秀輔とも既知の仲である中村逸哉《なかむらいつなり》さえ、たびたび気遣ってくれるほどのスパルタだ。

「三浦殿、大丈夫ですか？」

「……倒れそうです」

「えっ」

ぎょっとした逸哉に冗談だと力なく笑いながら、短い休憩の合間に清嗣には聞こえないよう小声で訊ねた。

「勤め始めの頃は、逸哉さんもこんなふうに厳しくされました？」

「いえ。わたしを含め、皆これほどではありませんでしたから、率直なところ、三浦殿に対する清嗣さまの指導にはいくぶん困惑しております」

「そ、そうなんですか…」

「ですけど、おそらくはなにかお考えがあってのことだと思いますので、気を落とされずに勤《いそ》しんでください。微力ですが、わたしも三浦殿をお支えしますので」

「逸哉さん」

心温まる励ましに、微笑《ほほえ》んで礼を言う。

上司はさておき、同僚にだけは恵まれてよかった。

実は光玲と同じく、逸哉も秀輔に前のような砕けた口調のままで話していいと言ってくれた人だ。自分なら、秀輔より身分も下だから周囲を憚る必要もないとまで気遣ってくれた。

ものすごくうれしかったが、秀輔にとって彼は職場の先輩だ。そういう意味でけじめをつけなければと思い、気持ちだけありがたくもらって現状にいたる。悠木とは別に、逸哉はもうひとりの兄みたいな存在だ。

和み系の先輩とのささやかな親交とは裏腹に、ブレイク後も鬼畜系の上司から手加減なしの猛扱きを受けて、さすがに秀輔が音をあげる。

「…あの、清嗣さん。すみませんが、もう少しお手柔らかに願えませんか」

言外に新参者にはきついとアピールすると、感情がまったく読めない謎《なぞ》めいた色を湛《たた》えた双眸に見つめられた。

咄嗟《とっさ》に、顎《あご》を引いて身構える。

「この程度は、まだ序の口ですが？」

「え……」

血の色も冷たそうな青色ではと思えるトーンで淡々と返されて、これでかと遠くを見る目つきでブルーになった秀輔に、彼が優艶な口元を微《かす》かにほころばせた。

「御上から、陰陽師としてものになるようにせよと仰せつかっておりますので、全身全霊を捧げてあなたをそれなりに育てなくてはなりません」

「いや。その、官吏は自分でもそこそこいけると思いますけど、陰陽師については時間と労力の無駄になるかと」

「あなたの意思など、この際どうでもよいのです。わたくしは、御上の御為に尽くすのみなのですから」

「……俺の人格をさらっと否定したよ。この性悪おっさん」

光玲を凌《しの》ぐ帝オンリー思考の権化にげんなりした秀輔が、頬を引き攣らせて口中でぼそりと呟く。帝が彼の話をする際、必ず枕詞《まくらことば》に『わたくしの』とつける清嗣は、字義どおり帝の情人と聞いている。

しかも、光玲によれば、皇后や側室をも凌ぐ寵眷《ちょうけん》ぶりなのだとか。

勝手にやれと思うが、逸哉の言う清嗣の考えとは、当人無視の中年愛カップルの片割れによる愛情暴走なのかと泣けてきそうだ。

蛇足ながら、おじさんとは言葉の綾《あや》で、見た目は二十代後半にしか見えない清嗣はほっそりした身体《からだ》つきと美貌《びぼう》を誇る。

実年齢は恐ろしくも優に不惑を超えていてもおかしくない妖怪レベルの肌艶《はだつや》のよさで、帝以外は知らないのが実情らしい。

「では、性悪の名に相応《ふさわ》しく指南いたしましょうか」

「う……いや。あの…っ」

地獄耳、恐るべしとあたふたし、取りつくろう暇もなかった。

おやじ同士の相愛自慢をしれっとされて頭痛を覚えた秀輔をよそに、以後も清嗣の容赦ないレクチャーは日々つづいた。

陰陽寮の役人として、易をはじめ、方位、天文、気象、暦、時刻等について学ぶために膨大な文献を読んで知識を頭に叩《たた》きこむのは全然かまわない。元来、大学院に進んで研究者になるつもりでいたから、むしろ楽しかった。

億劫《おっくう》なのは、精神修養といって命じられるいくつかの課題だ。

最初の難関は紙漉《す》き作業で、もちろん初体験の秀輔は失敗の連続だった。そのたび、清嗣の叱《しっ》責《せき》が飛んでくる。

だいたい、なにゆえ役人が和紙などつくる必要があるのかと控えめに反論すると、集中力を高める鍛練になるし、陰陽寮で使う紙も賄えて一石二鳥と返された。

「…要は、経費節約なんですね」

国費の無駄遣いをなくすのは大事なことだと思うが、夢の重役生活は出仕数日で脆《もろ》くも破れ去っていた。

苦手な清嗣が相手に限って、激昂《げっこう》した際にぶれそうになる口調も、根性で丁寧さを保った。かといって、反抗的な態度は隠しきれない。それがわかっているだろうに、清嗣はちらりと秀輔を一瞥《いちべつ》するだけで窘めたりはせず、平淡に応じる。

「そればかりではありません。呪い用の紙は術者の手によるもののほうが、耐性や効力が違ってきますので」

「え。まさか、清嗣さんも紙漉きをなさるんですか？」

「当然です。自らが使役する式神用の紙は、概《おおむ》ねわたくしがつくります」

「……はあ」

他者が漉いた紙でも式神はできるが、清嗣自身が霊験《れいげん》を込めた紙のほうがより強靭《きょうじん》なのだと淡如とした口ぶりで言われた。

現代人の秀輔には、なんとも眉《まゆ》つばな話である。

呪とか式神とかと聞いて、生《なま》陰陽師ワールドと胸が躍る反面、陰陽寮が未来で言うところの気象庁みたいな役所なので、ただの紙が呪術で変幻自在に姿を変えて術者の命を果たすなど、現代科学では通用しない。

気象庁長官が、巨大台風上陸を阻止すべく念を送って進路変更させると真顔で会見するようなものだ。

テレビ画面の前で、全国民がゆっくりひっくり返るか、半笑いになるだろう。

一方で、その術によってタイムスリップを経験した身では、頭ごなしに否定もできずに複雑な心境に駆られる。

陰陽師の不可思議な呪術力が本当に存在するのか、心は揺れた。

万が一あると仮定しても、それは天賦の才能的なものではなかろうか。先天的な能力を持つ者が修練を積んで初めて技を体得し、発揮できるのであって、後天的にどんなに頑張ろうと無理な気がする。

本職の清嗣が、ど素人の自分を強引に陰陽師に仕立てあげようとしている現況が、まさにそうと言えた。

絶対音感がある音楽家が音階を当てさせるクイズ中、外しまくる初心者相手になぜわからないのかと楽器を投げつける勢いで苛《いら》つくような感じで、清嗣も秀輔の無能さを腹に据えかねている

のかもしれない。

無理に教えられている側からすれば、ないものはないと胸倉を摑《つか》んで食ってかかりたい気分だ。

そういえば、陰陽師としての清嗣の仕事ぶりはまだ見ていなかった。一度くらい目の当たりにしたら、対処の仕様も違ってくるかは判断に迷う。

「陰陽道やわたくしを信じないのはあなたの自由ですが」

「め、滅相もないです」

抑揚に欠けた声音で、心中をぴたりと言い当てられて肝を冷やした。

標準装備は地獄耳だけではないのかと密かに焦りながらも、単なる偶然と考え直す秀輔に、清嗣が冷ややかに命じる。

「これまでも何度も申してきましたが、紙づくりはもっと腰を入れて無心でやってください。あなたはなにかと雑念が多すぎます」

「く……わかりましたっ」

帝や光玲が褒めちぎる実力がいかほどか興味はあるが、やはりいけ好かない。

紙漉き以外にも、胡坐《あぐら》をかいて目を瞑《つぶ》り、ただ黙って何時間も座っている瞑想《めいそう》もけっこうきつかった。平常心を養うためと言われても、連日やらされたら飽きる。成果が上がっているかもわかりにくかった。

極めつきは、山ごもりだ。体力を鍛えるべく山中を駆け回り、不測の事態への対応訓練にもなる重要な行《ぎょう》らしいが、山伏ではあるまいしと即行で断った。

暗所恐怖症の秀輔に、燈台《とうだい》の灯《あか》りすらない山で漆黒の夜を過ごすのは激しく無理がある。おまけに、警護の者を除いて清嗣とふたりでの生活なんて、それ自体が精神的苦痛を伴う苦行でごめんだった。

「わたしにはできません！」

「たったの三日間です」

「みっ…⁉」

そんなにもかと、思わず声が裏返った。恐ろしすぎる宣告に、秀輔が震えあがって勢いよくかぶりを振る。

動揺がひどく、気をつけている口調も妙な具合になった。

「く、暗いのは、わたし、だめなんだですよ。山奥なら、虫もいっぱいいそうで刺されたりなど嫌なのであります。熊や蛇なんかも出ちゃったりなんか最悪ですし、ともかく怖いのでございまする！」

「明日、夜明けとともに出発しますので、支度を整えてこちらへ参るように」

「勘弁してくださいまし。絶対に無理なのですからっ」

明らかにおかしい秀輔の言い回しにつっこみを入れないどころか、噴き出しすらせずに清嗣が冷淡に注意した。

「甘えるのも大概になさい」

「う」

「これは修行であり、勤めでもあります。あなたはわたくしの部下なのですから、従ってもらいましょう」

「ですが…」

「それとも、出仕がつらいと光玲殿に助けを乞《こ》いますか？」

「……っ」

不意打ちで強烈な皮肉を放たれて、秀輔がきつく唇を噛《か》みしめる。

一連の言動を甘えと一刀両断されても、図星ゆえに反駁《はんばく》できなかった。

苦手な清嗣だが、こちらの事情を全部知っているから与《くみ》してくれるはずと無意識に心安くしていた部分も否定できない。

秀輔を気遣ってくれる人々が大半を占めるうち、清嗣だけがひときわ峻厳《しゅんげん》な言動を取っていた。

悔しいけれど、大抵は正論なので返答に窮してきた。その中でも、今回の光玲に泣きつく云々《うんぬん》発言は、男のプライドをいたく刺激された。

てのひらに爪《つめ》が食いこむほど両手を握りしめ、清嗣を睨んで低く返す。

「これは、わたしの問題であって彼には関係ありません」

「あなたにしては、申し分ない返事です」

「……っ」

そんなみっともない真似《まね》は死んでもしないと言外に匂《にお》わせた返答を、なおも冷笑されて腸《はらわた》が煮えくり返った。

挑発されているともわかっていながら、結局、負けず嫌いな気性を盛大に炸裂《さくれつ》させて、三日間の山ごもりも乗りきった。

この合宿での唯一の収穫は、暗闇《くらやみ》に多少耐性がついたことだろう。

三途《さんず》の川で溺《おぼ》れでもしたのかという勢いで窶《やつ》れて帰ってきた秀輔を、光玲がねぎらいを込めて優しく抱きしめてくれた。

「だいぶ参っているな」

「……うん。心身ともに激しく疲れた」

全身を委《ゆだ》ねてぐったりともたれかかるも、逞《たくま》しい腕で支えられる。

およそ七十二時間にも及ぶ清嗣との殺伐としたやりとりで疲弊しきった心骨に、光玲の温《ぬく》もりが沁《し》みた。愚痴りこそしなかったが、溜め息ばかりついている様子で秀輔の心情を察したらしい彼が心配そうな口調で囁く。

「出仕はつらいか」

「え?」

「勤めてからこちら、浮かぬ顔ばかりしているだろう」

「いや。別に……」

咄嗟に平気だと取りつくろったものの、その様相では説得力に欠けるとあっさり看破されてしまった。

強くも否定できず、言葉に詰まる。しかし、仕事で弱音を吐くのは、清嗣の揶揄《やゆ》がなくとも論外だった。陰陽寮勤務を始めて、まだひと月足らずと日が浅いこともある。

客観的に見て、新しい職場でなにもわからない新人が右往左往するのは当たり前だろうし、希望の部課に初めから配属されるのも稀《まれ》だろう。それに、上司に叱《しか》られてへこむのも珍しくあるまい。

同僚や仕事に慣れてくるには、もう少々時間が必要だ。

新入社員は誰《だれ》もが通る道で、途中で投げ出したり、へたばったりするほど秀輔は根性無しではなかった。

給料泥棒にならぬよう、少なくとも役人としては一人前になってみせる。そうでないと、後見役の光玲の体面にもかかわる。

心配無用と、秀輔は過保護な恋人に笑いかけた。

「ほんとに大丈夫」

「我慢しなくてよいのだぞ。そなたがどうしてもつらいのならば、御上に出仕を辞められるよう私から申しあげる」

「光玲…」

「秀輔ひとりくらい余裕で養っていける甲斐性も経済力も、私にはあるゆえな」

「それはそうだけど」

「そなたは、なにもせずとも私のそばにいてくれさえすればいい」

「そ……っん」

そう言って甘く微笑んだ光玲に唇を啄《つい》ばまれ、吐息を深くむさぼられる。

胡坐をかいた彼の膝《ひざ》上に横抱きにされた体勢で、角度を変えて何度もくちづけられた。搦《から》めとられた舌が痺《しび》れる頃、ようやく顔が離れる。

忙《せわ》しない呼吸を繰り返す秀輔の頬を片手で包みこんで、光玲が呟いた。

「本音を言うと、私以外の誰の目にもそなたを触れさせたくはないのだ。私の腕の中に生涯閉じこめて、なんの思い煩《わずら》いもなく心穏やかに過ごさせてやりたい」

「……そこの軟禁妄想中将、正気に戻れ」

「なに中将だと？」

独占欲と濃厚愛に満ちた危険思想をさらりと述べられて、実行に移されては困る秀輔が軌道修正をかける。

甲斐性と経済力だけでなく、その気になりさえすれば、妄想を現実化するための権力も持ちあわせている男なので恐ろしい。

「うん。まあ、危ない願望もほどほどにしろよって話」

「どこが危ないのか、わかりかねるが」

「…そこが怖いんだって」

「秀輔？」

真剣に考えこまれて困るも、秀輔をなにからも護ると誓約したとおり全力で庇護し、甘やかそうとしてくれる彼の姿勢は面映《おもは》ゆくも頼もしかった。

他方、それでは男たるもの満足できないのも本当だ。

衣食住を光玲の世話になるだけの居候でいつづけるのは気が引ける。男の身で恋人の愛情にのみ縋《すが》って生き、囲われ者になるのも嫌だった。

対等とまではいかなくても、せめて自分の生活費くらいは自分で稼ぎたい。そうやって己の足場を少しずつ固めていって、恋人という立場以外でもいつか彼の役に立てたらいい。

秀輔にしても、こちらの世でかけがえのない存在の光玲を、精一杯護りたい想いは同じなのだ。照れくさくて口に出しては言えないけれど、彼がいてくれるからこそ自分の存在意義はあると思えるし、仕事も頑張れる。

「あのな、光玲」

「なんだ」

「おまえの気持ちはすごくうれしいよ。でも、俺はお姫さまじゃないし、光玲頼みの生活は男として情けないからさ。自分の食いぶちくらい働いてどうにかしないとだろ。まあ、出仕はいまのところきついけど、そのうち慣れるんじゃないかな」

「……ふむ」

言葉を選びつつも本音を告げると、光玲がほろ苦い笑みを端整な口元に湛えた。軽くかぶりを振って小さく嘆息する。

「そなたは案外、逞しいな」

「そうか？」

「ああ。もっと私に頼っていいものを」

頼られ足りないと不本意そうな彼に、秀輔は伽羅《きゃら》の香がたきしめられた直衣の逞しい肩口を小突いて苦笑した。

「もとの世界には帰れないってわかったあと、俺が本格的に弱ってたときにこれでもかって頼ったのを忘れたのかよ？」

「あれでは頼ったうちには入らぬ。伴侶《はんりょ》として当然のことをしたまでなのだから」

あんなものは話にならないとあしらわれて、さらに粘る。

「こっちに残るって一度は覚悟しておいて、やっぱり帰りたいってわがまま言って八つ当たりして、めいっぱい困らせただろ」

「そなたの立場では、ああなっても仕方あるまい。予《あらかじ》め思っていたとおりだ。それに、そなたを離したくないあまり、故郷とも肉親とも遠く離れたここへ引きとめたのは私なのだから、なんでもしてやりたいのだ」

「帰れないのは光玲のせいじゃない。俺の先祖の責任だし」

「そうかもしれぬが、私もそのご先祖に想いで加担したからな。この命ある限り、そなたを大事にすることで、そなたの親御に報わねば」

「……っ」

誠意溢れる光玲の台詞が気恥ずかしく、頬が熱くなった。

どうやら、彼は釣った魚にも惜しみなく餌《えさ》をやるタイプらしい。むしろ、与えすぎで魚が肥満になり、愛情プールで溺死《できし》しかねなかった。

表現方法をもう少し控えめにしてもらえると助かると思いつつ、秀輔が呻く。

「なんだか、おまえのキャパは異常だよな」

「きゃぱ？」

「あ…っと」

いまだにときどき、こちらでは通じない横文字系の語彙《ごい》が口をついてしまう。

ほかの人と話す折は気をつけているが、光玲だと気が緩んでいるので使用頻度も以前と変わりなかった。

「光玲の度量は大きいっていう意味。一応、褒め言葉だから」

慌てて変換すると、彼は一瞬双眸を瞠《みは》ったあと、艶然《えんぜん》と微笑んで再び顔を寄せてきた。

額同士をつけた吐息が触れる至近距離で、視線を絡められる。

「言っておくが、誰にでもというわけではない。そなたでなければ私とてこうはならぬし、なろうとも思わぬな」

「…おい。どこを触ってるんだよ」

「私の艶麗な恋人の慎ましい花園に」

「……その言い方もどうなんだ」

不覚にも、主たる官能請負場と化した下肢を好んでそう呼ぶ光玲が恥ずかしかった。

秀輔の性器を花茎に、後孔を花蕾に、互いの淫液は花蜜に比喩《ひゆ》して、まとめて花園と喩えられても、風流なんだか卑猥《ひわい》なんだか微妙なラインだ。

かてて加えて、無駄な色気たっぷりの流し目で素早く寛《くつろ》げた指貫《さしぬき》から手を入れてきた彼に身をよじった。

「ちょ……光玲！」

「ん？」

山ごもりから帰ったばかりで汗も流しておらず、夕食もまだで、疲労困憊《こんぱい》な秀輔が広い胸元を両手で押し返す。

「勘弁しろって」

「行の準備期間を含めてもう五日もそなたに触れておらぬのに、まだこらえろと？」

「疲れてるんだってば。散々山道を歩かされて、身体のあちこちも痛いんだ」

過酷だった修行スケジュールの一端を披露する。

全身筋肉痛状態の悲惨な有様なのだから、肌を重ねる行為は無理と説明したら、懸念には及ばぬと笑われた。

「そなたは、なにもせずにいてかまわぬ」

「かまえって！　山で気力と体力を使い果たしてきて、くたびれてるんだ。腹もすごく減ってるし、身体を洗ったら今日はさっさと寝たい。三日の休みをもらったから、二日間はゆっくりさせてくれよ」

「わかった。今宵《こよい》は一度ですませよう」

「ちっともわかってないだろっ」

人肌大好き、年中無休で閨事《ねやごと》大歓迎を地でいく絶倫貴公子に眩暈《めまい》を覚える。

これでは相手が何人もいないとおさまるまいが、現在はその対象者が秀輔限定ゆえに、全精力を傾けられていてうれしくも悲しい悲鳴をあげる結果になっていた。

やる気満々の光玲と押し問答の末、百歩どころか百万歩譲った心地で秀輔が妥協案を提示した。

「せめて、明日までは待ってほしい」

「あいにく、明日は私は宿直だ」

「じゃあ、明後日《あさって》でいいじゃん。それなら、おまえが帰ってくるまでに俺もいまよりは回復できてる」

「三日も待てぬ」

「なっ……ちょっと、やめ……光玲!!」

指貫内へ差し入れられていた彼の手が、秀輔の性器を直《じか》に握った。どうにか抗《あらが》って逃れようにも、片腕でしっかりと抱きすくめられていて叶わない。

「っく、あ…ぁ」

「秀輔」

「や……んうっ」

はしたなくも、さきほどのキスとわずかな愛撫《あいぶ》だけで反応を示し出した己にうろたえた。

濃厚な技巧派を誇る当代きってのエロプロにほとんど夜毎《よごと》抱かれている肉体は、光玲にかかると秒殺で陥落する。無論、毎日彼を受け入れていては身がもたないので、最後までいくのは三日に一度くらいだ。

それでも、日に一回は吐精させられるし、指で卑猥なことをされまくる。拒みたくても、快感を楯に取られて閨事達人に手向かうのは難しかった。

いまもだめだと思うのに、持ち主の意思さえ容易《たやす》く裏切って開発者の言いなりになってしまって歯痒《はがゆ》い。

「早いな。もう先がぬめってきた」

「う、んっん……言う、な…」

「感じやすいそなたは、実に淫《みだ》らで愛らしいと称《たた》えているんだ」

「ふぁ……耳…はっ」

「ここか」

「ひあぅ」

いやらしさを評価されても無念だし、耳を嚙むなと秀輔が身じろぐと、めっぽう弱い耳朶《じだ》の後ろの薄い皮膚をいちだんと舐《な》め齧《かじ》られて嬌声《きょうせい》が漏れた。

「ああっ…ん」

「愛《う》いやつめ」

低音で囁かれた声の振動にすら感じ入り、嫌だとかぶりを振った。それでもやめてもらえず、股間《こかん》と耳元を同時に攻められて追い詰められていく。

光玲の手を先走りで濡《ぬ》らし、知らず腰を揺らしつつ我慢も限界に差しかかった瞬間、控えめな声が割って入った。

「失礼いたします。光玲さま」

「い…っ」

「悠木か。どうした?」

吸いついていた秀輔の首筋から顔を上げた彼が、悠然と答酬する。

性器を弄《いじ》る手はそのままで、淫猥《いんわい》な水音が室内に響くのがいたたまれなかった。着衣でいるのがせめてもの救いだが、情事中なのは一目瞭然《いちもくりょうぜん》でもの悲しくなる。

またこのパターンなのかと、秀輔は羞恥《しゅうち》と痛恨の極みに達した。

やはり、秘め事がオープンでプライバシー侵害がスタンダードな状況だけは何回経験しても慣れるのは困難だ。

諦念《ていねん》しようにもこればかりは難だと反射的に抗うも、陰茎の先端を爪先でやんわりと弾《はじ》かれて嬌音をこぼす。

「んあぁ…っあ」

「光玲さま。湯浴みの支度が整いましたが、いかがいたしましょう」

主人に劣らず落ち着き払っている悠木も、秀輔の嬌態になんら動じずに恬淡《てんたん》と答えていて嘆かわしかった。

「そうか。では、私も秀輔とともに湯浴みをしよう」

「畏まりました。御湯殿はいつもどおりに務めさせていただきます」

「ああ。頼む」

「そ……嫌、だっ」

勝手に話を進められた秀輔が、断固拒否の意思を表明した。理由は至極単純明快である。

御湯殿とは、貴人が風呂《ふろ》に入る際に奉仕する役割を果たす者を指している。つまり、この時代の高貴な人々はひとりで入浴などしないのだ。それ自体はいいし、しきたりだとわかるが、秀輔が育った常識は違う。

入浴時に介添えがいるなんて、普通はありえない。

地球規模で探せば、どこかの王国の王侯貴族とか、世界屈指の大富豪とか、その地域の習慣とかであるにせよ、一般的にはそうそうないと思う。

例外は乳幼児か高齢者だろうか。あるいは、秀輔も友人からの又聞きでしかないけれど、風俗店の色っぽいサービスではあるまいしと逃げ腰になる。

恋人でもない他人に身体中を見られて触られるなんて、遠慮したかった。だから、今までは湯浴みのたびに自分でできると言い張って、御湯殿は断ってきていた。

困った顔をしつつも、悠木も秀輔の意向を尊重してくれていたものの、光玲が一緒となればそうもいくまい。

主人の世話を完璧にこなす従者の鑑《かがみ》とも言える悠木だ。おまけに、情交に耽《ふけ》る気でいる光玲は、下手をすれば張りきって風呂でやりかねなかった。そんな悲惨な事態の一部始終を悠木に目撃される変則的な視姦《しかん》プレイは、幾度味わわされようが言語道断だった。

「あっ…!!」

突如、秀輔の性器から光玲の手が離れる。

あと少しで極める手前で放置されたそこが疼《うず》いた。咎《とが》めるように見遣った先で、彼が楽しげに目を眇《すが》める。

「悠木の務めを取りあげるな。そなたの身分からしても、少しずつでかまわぬゆえ、以後は御湯殿にも慣れろ」

「そ……でもっ」

「そういえば、そなたとの湯浴みは初めてだな。なんなら、私が手ずから隅々まで清めてやってもよいが」

「却下。自分でやるし、俺ひとりで入……って、うわ！」

不意に、今度は宙に浮いた肢体に息を呑《の》んだ。

軽々と横抱きにされた秀輔が光玲を詰《なじ》って止めるのも虚《むな》しく、揺るぎない足取りで湯殿へ連れてこられてしまう。

静々とついてきた悠木にも焦慮に駆られ、間近にある漆黒の双眸を睨みつけた。

「絶対に、やだからなっ」

「ここをこうしておいてか？」

「んぅ…」

床に下ろされて反抗し始めた途端、放っておかれた性器をまたも意地悪く弄られて呻いた。

絶妙な指遣いで陰嚢《いんのう》まで揉《も》みしだかれ、情欲を煽《あお》られて狼狽《ろうばい》する。

「いつ聞いても、そなたの啼《な》き声はいい」

なんとも恥ずかしい指摘に、眼前の彼の肩口や胸を悔しまぎれに拳《こぶし》で叩いた秀輔が悪態をついた。

「や…っあ、あ……やめっ」

「こ、の……好色上達部《かんだちめ》！」

「ふむ。とりわけ、異論はないな」

「へ!?」

「そなたを堪能《たんのう》し、慈しめる技量が私には充分に備わっている意の発言だろう」

「……素晴らしい前向き思考」

「褒めてくれたことへの心ばかりの礼だ。丹念に可愛がってやろう」

「そ……ちが…っ」

好きもの呼ばわりを拡大解釈されたあげく、どんなに違うと訂正しても受け入れられなくて焦った。

中途半端に昂《たかぶ》らされていた身体も、ままならない。

「自称、変態テクニシャンめ！」

「その面妖《めんよう》な言の意は、あとでじっくり訊ねよう」

「光玲……や、あっあ…ぁ」

疲れきっていたにもかかわらず、欲望に逆らえなかった秀輔は結局、一回どころか失神するまで抱きつぶされるはめになった。湯殿での濡れ場シーンを全編ノーカットで悠木に見られて、秘処の後始末を彼にされたのも言うまでもない。

父である左大臣・仲野光重《みつしげ》に呼ばれ、御所帰りに久方ぶりに実家へ立ち寄って帰途に着いた光玲は、牛車内で黙考していた。聞かされた厄介な話について、どうしたものかと思案する傍ら、胸を占めているのは秀輔のことだ。

彼と出会ってから、すでに六月《むつき》ほどが疾《と》く過ぎている。

ひと頃に比べ、最近は故郷を恋しがって塞《ふさ》ぎこむ回数が減った。未練を完全に絶ちきったわけではなさそうだが、会遇当初の破天荒ぶりを漸次取り戻しつつある。

並行し、こちらの世で光玲と生きる腹を据えたと言って、周囲にとけこもうと秀輔なりに努力する様も微笑ましかった。

いささか空回り傾向なのは否めないが、そこも愛らしい。

だいたい、急ぐ必要はない。ゆっくり気長に彼の歩調で、伸びやかな魂の輝きは損なわずに馴染んでいけばいい。どれだけ時がかかろうと、光玲はつきあうつもりだ。

あの細い身に降りかかった不慮のできごとを思えば、いくら甘やかしても足りまい。もし、己が同じ境涯になったらと想像するだけで途方に暮れる。

長年培い、信じてきた価値観が瓦解《がかい》するだけでも相当な痛手を被るだろうに、未知の世で生きていかねばならぬなど、通常の精神力では耐え難い事態だ。

剛胆に見えた秀輔でさえ、心痛で臥《ふ》しがちになるのも無理はなかった。よくぞ再起してくれたと心から敬嘆する。

彼にも言ったように、あの程度のわがままなど、わがままの範疇《はんちゅう》に入らない。

それ以上に、おとなしやかな秀輔ではなく、優美な麗姿に反して自由闊達《かったつ》な彼に気を揉まれながらも惹かれた光玲である。手ごたえがあればあるほど、愛おしさは増した。その想いはいまも変わらず、日増しに募るばかりだ。

陰陽寮への出仕も、本人の見当どおりに勤め始めてふた月あまりが経つと、職務にも清嗣にも慣れたとみえる。

事情通の逸哉と親しくする姿から、誰とも分け隔てなく話す気さくな性分と同僚らには理解されたようで、彼らとも打ちとけているらしい。

それはそれでよかったと思うし、楽しげなのもいい。いいが、あまりに無防備な素顔を周辺に晒《さら》すと、秀輔に懸想されそうな心配も生じた。

叶うなら、いつぞや告げたように彼を三条邸から一歩も出さず、独り占めしたい気持ちは常にある。秀輔は度量が広いと褒めてくれたが、恋人に纏《まつ》わる事柄では、己が存外、狭量な自覚は持っていた。

本当であれば、彼との仲をいますぐ公表したい。けれど、確実に渦中の人物になるのがわかっているため時期尚早と、帝に止められている。

そのとおりと納得がいく反面、気が気ではなかった。

なんといっても、実際は勝気な性分とはいえ、彼《か》の容貌《ようぼう》はたいそう人目を引く。短髪の珍奇さすら凌《りょう》駕《が》する麗容と、一時の憔悴《しょうすい》を経て身に纏《まと》った儚《はかな》げな透明感に、誰もが目を奪われるのは必至だ。

もはや宮廷中の貴族が秀輔の存在を知っていて、強い関心を寄せている。

後見役の光玲から、なにか訊き出そうと接触してくる者も多かった。そんな相手には、本意を押し隠し、帝と縁が深い方とだけ答える。

満更、偽りではなかった。泰仁親王と秀輔に、時空間移動という切っても切れないかかわりがあるとなれば、帝とも縁つづきと言える。そのせいで、ますます貴族らの興味を煽る結末になっているのは苦々しい。

現時点では邸と陰陽寮の往復に終始して他者と交わっていない彼に、先陣を切った兵《つわもの》が話しかけるのも時間の問題と思われる。

仕方ないとわかっていても、恋人がいらぬ注目を浴びるのは不愉快だった。さきほどの父の話と併せて、光玲がこらえきれない溜め息をつく。

参ったなとひとりごちた刹那《せつな》、牛車が止まり、舎人《とねり》が三条邸への到着を知らせた。

ひとまず思考を切り替え、出迎えた悠木を従えて自室へ向かう。束帯を直衣に着替えて、秀輔がいる北の対にわたった。

彼はもう戻っている刻限だ。ふたりともに出仕したときは、大概は同じ牛車で御所へ行き、家路についている。

互いの勤めの都合で帰りの時刻が合わなかったり、今日のように光玲が所用の場合は別々の帰宅だ。その際は、頼りになる季忠を秀輔のほうの警護に必ずつけていた。

左大臣邸に仕える武人の中でも、最も腕が立つ季忠を継続して秀輔の護衛につけていられるのも帝の計らいだ。

格子戸をおもむろに開いて室内へ入ると、書を読んでいた彼が顔を上げた。

「あ。おかえり」

「うむ。いま戻った」

「けっこう遅かったな。泊まりかと思った」

書物を閉じつつ、ひさしぶりの実家訪問で引きとめられたのではと笑われる。

自分の肉親には会いたくとも会えない事実がやるせないだろうに明るく振る舞う秀輔を、光玲はそばに腰を下ろすなり無言でそっと抱きしめた。

「なんだよ?」

「いや。生家といえど、いる間中、なんとも落ち着かなかったのでな。私にとっては、そなたがいるこの三条邸こそがまことの家なのだと痛感したんだ」

「……臆面《おくめん》もなく、よくそういう恥ずかしいことが言えるよな」

「事実だからな」

寂しかったかとはさすがに軽口を叩けず、別の感想を告げると、彼が目元をほんのりと朱に染める。

照れて身じろぐ秀輔に胸を押し戻され、あえて逆らわずに抱擁を解いたところで訊かれた。

「で。用事ってなんだったわけ」

「ああ」

父に呼ばれたので実家へ行ってくると、今朝《けさ》、出仕前に話していた。

「その、近頃の私は勤めに身が入っておらぬと咎められてな」

「は? そんなことないだろ。光玲の父上、ちょっと厳しすぎだって。おまえ、ちゃんとやってるだろうに」

庇われて苦笑する光玲は、こちらの世に慣れようと必死な秀輔に余計な心理的負担をかけまいと真実を詳《つまび》らかにはしない。

優しい嘘《うそ》だが、いたずらに彼を不安にさせるよりは隠密裏に片づけたほうがいい。

「残念だが、そうでもない」

「え!?」

「そなたに現《うつつ》をぬかしている自覚はある。いわば色欲に溺れた状態で、我ながら気もそぞろだ」

「な…っ」

いちだんと耳まで赤くしておいて、秀輔が呆《あき》れた顔つきになった。

色惚《いろぼ》け公達なんか最低と低くぼやき、仕事はきちんとしろと説教する彼の双眸を覗《のぞ》きこんで切り返す。

「私を虜《とりこ》にさせたそなたが悪い」

「そんなの光玲の勝手だ」

「それに、いまや私以外の者もそなたに夢中とあっては、心穏やかではいられまい」

「はあ？　なにを言ってるんだよ」

「宮中での己《おの》が噂を知らぬのか？」

「興味ないし」

話題のすり替えに気づかない秀輔に内心で安堵《あんど》しつつ、貴族の間でまことしやかに囁かれている彼についての世評を教えてやる。

「ならば、聞かせてやろう」

「え～」

別にいいのにと眉をひそめられたが、光玲はかまわず、現在の宮中での大騒ぎを話し始めた。

突然、現れた秀輔に驚嘆して困惑しながらも、貴族たちはその気品溢れる美貌と、帝と東宮の彼に対する言動から皇族につらなる者と判断したらしい。

諸説あれど、一番有力な説は、秀輔は帝と身分の低い女官との間に生まれた皇子というものだ。

この女官は非常に美しかったものの、控えめな気立ての上に病弱だったため、皇后や並みいる高貴な身分の女御や女官と、帝の寵愛《ちょうあい》を競ったりできなかった。それでも帝に愛《め》でられた身は、羨望《せんぼう》と妬みの対象となっていく。

数多《あまた》の悪意に耐えきれなくなった彼女は帝に暇を懇願し、許しを賜って宮仕えを退いて実家《さと》へ帰った。

その後しばらくして、女官は自らが帝の御子を身籠《みごも》っていることを知る。

しかし、嫉妬《しっと》渦巻く宮中に戻る勇気はか弱い彼女には持てず、罪深いと知りながらも、郷里でひっそりと皇子を生み育てていた。けれど、頼みの両親が亡くなり、やがて女官自身も病に倒れてしまう。

我が子の行く末を案じた女官は、このとき初めて帝に救いを求めた。

そうして、彼女を憐《あわ》れみ、願いを聞き届けた帝は、後援者がいなくなった親子の面倒を見つづける。

お忍びで彼らのもとへ出向こうにも、貴い身では難しかった。かわりに、文やさまざまな品を母子に贈り、皇子の元服も帝がささやかだが支度を整えてやった。

数年後、女官は亡くなる。そして、頼る者を亡くした皇子は、父である帝にあらためて都へ呼び寄せられた。昔、愛した女官に生き写しの秀輔を見て、帝は殊のほか慈しみを覚え、そば近くへ置くことを望んで現況にいたる。

髪が短いのは、亡母を偲《しの》んで髪を下ろそうと早まった彼を側近が止めようとして手元が狂い、やむなく切りそろえた結果と美談に受け止められていた。

「は!? なにそのゴージャス設定」

「ごおじゃす?」

「えっと、華麗なってこと。というか、俺が親王ってありえないだろ。やんごとない血なんか一滴も流れてないし、俺の父親は雅仁って名前じゃなくて進久《みちひさ》だし」

「秀輔。御上の御名を軽々しく呼ぶでない」

「あ。つい、うっかり。いまだけ見逃して」

「困ったやつだ」

これ見よがしに長息する光玲を後目に、秀輔がまだ言い募る。

「そもそも、いろんな物語のおいしいとこ取りした、どこかで聞いたことがあるようなテイストに仕上がっておかしい……って、待てよ。そのノリでいくと、まさか、なんたらの君《きみ》とかって俺のことを妙な呼び方してるんじゃ…」

しばし呆気《あっけ》にとられていた彼が、胡乱《うろん》げな眼差しで見つめてくる。それに、光玲がのどやかにうなずきを返した。

「よくわかったな。そなたは『月華《げっか》の君』と呼ばれている」

「げっ……?」

「月の光のごとく幽玄で、触れれば消えてしまいそうなあえかな風情と臈《ろう》たけた美しさを表したそうだ」

「…見当違いも甚だしいんだけど。みんな、気は確かなのか」

「いたってまじめだと思うが」

「……平安貴族のみなさんの夢見がち脳は、どれだけ発達してるんだ」

呆然と呟く秀輔は、自らの容姿が周囲に与える印象や影響を軽んじている。

さては猫を被りすぎたかだの、かといって、光玲の手前もあって諸々いまさら崩せないだのと、少々的外れな見解を述べられて苦く笑う。

佳容を鼻にかけないのは美徳なれど、もう少し自覚を持ってもらいたかった。

「だいたい、なんで御上は否定しないんだ」

「言っておくが、宮中で噂になっているようなことは御上は一言も仰せではない。ただ、そなたについて御上が皆に話した際、昔馴染みの大切な人から託されたと仰せになっただけだ」

「な……どっちにしろ、諸悪の根元は御上じゃないか!」

「秀輔」

あの腹黒狸《たぬき》と無礼極まる放言をする秀輔を窘めつつも、此度《こたび》の沙汰により煽りを受けている光玲も困却していた。

帝の意味深な発言と秀輔に授けた身分が、貴族たちが彼を親王と信じる後押しをした。

当然、帝が言う昔馴染みの大切な人とは清嗣のことだが、誰も気づかない。

なおも噂に花を咲かせ、本当は皇族として迎え入れたいけれど、皇后や側室らへの配慮もあり、苦肉の策で臣下とし、現下の位階を秀輔へ与えたのだと推察されている。

そのため、帝はせめてもの親心で、信頼も厚い左大臣の子息で側近でもある光玲を皇子の後見につかせたと専らの評判だ。

ゆえに、いらぬ火種を抱えこむはめになって頭が痛かった。

元々、左大臣と反りが合わない右大臣・萩原経房《はぎわらつねふさ》が、今回のことがあって以来、なにかと光玲に言いがかりをつけてくるようになったのだ。

前々より、左大臣家と右大臣家は水面下でなにかと競合してきた。

優雅な印象に反し、宮廷内の権力争いは非常に激しい。貴族間での些細な足の引っ張りあいは日常茶飯事で、他人の失態や弱点を鵜《う》の目鷹《たか》の目で探し、それを材料に失脚させたり、帝へ取り入ろうとする者が大部分と言っても過言ではなかった。

特に、現右大臣の経房公に代替わりして以降、これまで以上に敵愾心《てきがいしん》を向けられている。経房公の心情も、わからないではない。

今上帝の御世から代々遡った予《かね》てより、仲野家直系はいまの地位にいた。

空位が多いとされる太政大臣を拝命されたこともある家格で、萩原家にすれば目の上の瘤《こぶ》と言っていい政敵だろう。

傍系の一族も朝廷の枢要な役職に就いていて、貴族内の勢力を右大臣派につけての攻勢も至難の業だ。現在も、父の光重は帝の片腕と言われる政界の重鎮だし、嫡男の自分は頭中将かつ東宮の幼馴染みで重用されている。

弟の光紀《みつのり》も、泰仁親王や他の皇族方とも親しくさせていただいていて式部省の官職に就いており、東宮の寵愛が深い姉の香子は将来、確実に中宮にのぼると言われていた。

経房公の姫君も東宮の女御として入内しておられるが、御子は内親王ひとりで、香子を殊更に愛でる東宮の訪れは遠いという。

しかも、香子が設けた皇子は東宮にとっては第一子であり、この崇仁親王が次なる日嗣《ひつぎ》の御子になるのは確定的との見方が大半だった。先達ては、第三子を懐妊したとの朗報も届き、姉が住まう宣耀殿《せんようでん》へ寿《ことほ》ぎに機嫌伺いに出向いたばかりだ。

そんな事由もあり、仲野一門をどうにかして排斥したいというのが経房公の宿願なのは間違いない。

左大臣家はなにかと重んじられてときめいている状況に加え、帝がかつて愛した女人の忘れ形見の後ろ楯までも左大臣側とあっては、右大臣側が不満を覚えてもおかしくなかった。

目下、いままでにないほど左大臣家と右大臣家の間は緊張が高まっている。まさに、一触即発の状態と言っていい。相手方にくれぐれも隙《すき》は見せるなと、光紀ともども、父から厳重に言い渡されていた。

とはいえ、その光重とことをかまえる気は当面はないのか、まだ年若いと侮ってか、経房公は光玲へ嫌がらせをしかけてくる。

父にわざわざ申しあげするほど幼くもなく、その程度で動じていては仲野家直系の跡取りたる資格はない。

悉《ことごと》くやんわりと返り討ちにするも、かれこれふた月あまり、顔を合わせるたびにちょっとした小競りあいを配下の貴族経由で嗾《けしか》けられているので食傷ぎみだ。

それでも、外でのできごとを家に持ちこむのは光玲の本意ではなく、愚痴はこぼさずにすべて己の胸におさめている。

右大臣家との確執や、宮中での秀輔の目立ちぶり、父から持ちかけられた話と問題は山積だが、多少ささくれた心も、楽しげに出仕し、日々の成果や感想を嬉々《きき》として話す恋人の姿を見れば癒《いや》された。

これらの難題を彼に悟らせずに解決するのが重要だ。帝の思惑は畏れ多くて計り知れなくも、秀輔がいつも笑顔でいてくれるなら、それだけでいい。

「御上は当てにならないから、光玲がいろんな人に訂正してくれよ」

思案に耽っていた光玲に、双眸をやや据わらせた秀輔が唸るように述べた。どうやら、自身が皇族と勘違いされているのが心苦しいらしい。

気持ちはわからなくはないものの、相変わらず無茶を言うと溜め息をつきながら、手を伸ばして彼の髪を撫でた。

「そのような出過ぎた振る舞いは私にはできぬ。もとより、そなたの本来の身上は御上と東宮さまと澄慶さま、清嗣殿と中村殿、それから季忠以外には、二の宮さまの一件も併せて決して漏らせぬのだ」

「そうだけど…」

「ならば、噂されているままで押しとおすのが無難だろう」

「嘘なのに？」

「ああ。そなたがこちらの世で暮らしていくには、どうあっても確固たる境遇がいる。それには必要な方便であり、そなたのためでもある。ゆえに、誰かに身空を訊ねられても、安易に噂を否定するな」

「でも」

「この件について御上がなにも仰せにならない限りは、私たちも不用意な発言はしてはならぬ。よいな、秀輔」

「……わかった」

渋々ながらも了承した秀輔に目を細めて、光玲は彼の勤めへと故意に話を変える。

ほどなくして機嫌が直った様子を微笑ましく眺め、夕餉《ゆうげ》の支度に悠木が来るまで睦《むつ》みあった。


その日、仕事を終えた秀輔は陰陽寮の建物を出ると、牛車に乗るために内裏のほうへひとりで向かっていた。

いつもなら季忠が職場のすぐ外に待機してくれているのだが、今日は少し早く切りあげたので彼の姿がないのも道理だ。光玲も、帝に呼び出されているとかで個別の帰宅だった。

広大な宮城内を散策がてら、のんびりと歩く。

悠久の時を経て、現代にも京都御苑に御所が現存するけれど、あれとはあくまで別物だと実物をつぶさに見て感慨に耽った。

「うちから、わりと近かったんだよな」

京都御苑までは徒歩五分くらいの距離で、子供時分にはよく遊びにいっていた記憶がある。

なんとも不思議な心地に駆られながら、車寄せに行く。その間にちょうど季忠と出くわすかもと思いつつ歩を進める秀輔に、背後からどこか遠慮がちな声がかけられた。

「もし。突然でまことに失礼かと存じますが、三浦秀輔さまですか」

「はい」

咄嗟に足を止めて振り向いた先に、見知らぬ男がいた。

しかし、人見知りしない秀輔は相手が舎人だろうと身分の差なく、然《さ》したる警戒もせずにおおらかに応じる。

「わたしに、なにかご用がおありでしょうか？」

正面から向きあった男が一瞬、惚《ほう》けたような表情になった。次に、忙しく視線を泳がせたあと、伏し目がちに早口で捲《まく》し立てる。

「あ、あの……ご尊顔を無遠慮に拝して申し訳ありませぬ。よもや、これほどまでにお美しい方とは…」

「…いえ。とんでもない」

白昼堂々ナンパかと、こわばりかける頬の筋肉を気概で微笑に固定した。目の奥が笑っていないのは勘弁願いたい。

そもそも、同性に見た目をうっとりと絶賛されても、あまりうれしくなかった。光玲以外の男はお断りだと大絶叫して暴れそうな己を懸命に抑える。

秀輔の密かな葛藤《かっとう》をよそに、恍惚《こうこつ》顔の男がようやく本題に入った。

「その……早良殿が急用にて三浦さまのお迎えに参ることができなくなりましたゆえ、託《ことづか》って参上いたしました」

「そうでしたか。それはご苦労さまです」

「ははっ」

「……………」

畏まって恭しく頭《こうべ》を垂れられて、秀輔はますます居心地が悪くなった。

これで実際に例の『月華の君』などと口走られようものなら、この場で直衣姿のままヤンキー座りをして、扇を指に挟んで煙草《たばこ》のかわりにふかす真似をするやさぐれモードになりそうだ。

御子設定を守ると光玲と約束したが、柄ではない分、いたたまれない。

周囲の人々を騙《だま》している罪悪感もあって、いちだんと物腰がやわらかくなり、さらなる素敵皇子像を自らつくりあげてしまうといった悪循環にはまっていた。

さりとて、迂闊な対応をしようものなら即、後見人の光玲の面子《めんつ》にかかわる。ひいては、彼の父親である左大臣をも煩わせかねないと思うと、下手なことはできないというのが本音だ。

胸中でこっそり嘆息する秀輔を、男がこちらですと促した。それに小さくうなずいて、導かれるままについていく。

三条邸の舎人全員を覚えているわけではないため、初対面の男の言葉もすんなり聞き入れた。

だいいち、ここは大内裏だ。帝がいる内裏もあるこの場所は警備態勢もそれなりに厳しく、怪しい者はおいそれと入れないと聞き及んでいた。

そういう意味でも、たいして用心の必要性はあるまい。

「お乗りください。お手をどうぞ」

「ええ」

普段のものと違う牛車を見ても、予備のやつかなと深く考えずに乗りこんだ。

光玲の持ち物にしては、なんとなく質素な感じはする。外装にとどまらず、内装もいささか見劣りがした。もしかして、平生の牛車は車検中とかで、これは彼所有ではなく一時的な代車なのかもしれない。

乗り口の御簾が閉められる寸前、季忠が自分を呼んでいる声が聞こえたような気がしたが空耳だろう。

幾許《いくばく》もなく、牛車が走り出した。邸に戻ったら、光玲が帰ってくるまで書の練習をしようと秀輔が考える。

いまでも月に二、三回、仕事が休みの日に澄慶のもとへ通って歌と書道を習っていた。

最近では、光玲と一緒でないときもある。当然、季忠がついてきてくれるものの、いつ頃からか、季忠が間近に来ると若干動揺する澄慶に秀輔は気づいた。

自分と違って本物の皇族であり、見た目どおり繊細でたおやかな澄慶はひょっとして、武人で強面《こわもて》の季忠が苦手なのかなと思った。

それとなく訊いてみたら否定され、しかも『頼もしい方とお見受けしております』と、頬をじんわり赤らめて言われてよもやと閃《ひらめ》いた。

澄慶の立場上、男女を問わず恋心を持つのは憚られるかもしれないが、二十六歳とまだ若いのだし、誰かをそっと慕うくらいは許されてもいいだろう。

「想いが叶うのは、やっぱり難しいのかな」

こちらの世界に来て、初めてできた友人の澄慶には幸せになってほしかった。そのためなら、どんな協力も惜しまない。でも、季忠に無理強いはできず、澄慶の気持ちが果たして恋情かどうかも曖昧《あいまい》だ。

限りなく親しみに近い好意の可能性もあって悩ましい。

光玲に相談してみるかと呟いた秀輔が、なにげなく牛車の物見から外を見遣り、平素と異なる景色に違和感を覚えた。

別ルートを通るとも聞いておらず、どういうことかとようやく疑念を抱く。

声をかけようにも、さきほどの男の名前をうっかり聞きそびれていた。仕方ないので、ちょっとと呼びかけようとした矢先、牛車が静かに停まった。

出口の前簾《まえすだれ》が上げられて、視界に映った見慣れない場所に眉をひそめる。

眼前に見えるのは貴族の別邸と思《おぼ》しき造りの屋敷だが、三条邸よりは規模が格段に小さかった。

どことなく寂れた感があるのは、荒れぎみの生垣のせいだろう。

家主がずぼらなのか、長い間留守にしているのかと首をひねりつつ、手を差し伸べてきたあの男に秀輔が詳細を問いただそうとした瞬間、腕を強く摑まれて牛車から降ろされた。

驚いて抗うより早く、身体ごとなおも引き寄せられる。

「なにを…!?」

「失礼仕る」

「えっ……んむ」

違う誰かが背後から秀輔の口元に布を噛ませてきた。両手も背中に回されて縛られてしまい、抵抗が封じられる。つづいて足首も拘束されてバランスを失ったところを上半身と下半身、ふたりがかりで抱えあげられて、こぢんまりとした屋敷の中へと運ばれた。

不自由な体勢で身をよじったが、混乱と狼狽で微弱なものにしかならない。あまりにも卒然すぎる事態に、さすがの秀輔も悚悸《しょうき》を滲《にじ》ませた。

どうやらナンパではなく誘拐だったらしいといま頃悟って慌てても、あとの祭りだ。

己の不覚で、光玲に心配と迷惑をかける結果を招いて情けなかった。大内裏内だから安全と油断した自分が恨めしい。

邸内は全体的に埃《ほこり》っぽく、最低限の調度品が設《しつら》えられた一室へ連れてこられると、比較的大きな柱のそばに下ろされた。そこへ、両脚を伸ばして座った格好で上体を緩く括りつけられる。

手足の自由を奪っておいての念の入れようである。反射的に可能な限り身じろぐも、拘繫《こうけい》はびくともしない。

「数々のご無礼、ご容赦ください。不便をおかけいたしますが、三浦さまにはしばしの間、こちらにおいでいただきたいのです。何卒《なにとぞ》、ご辛抱願います」

「……っ」

人攫《ひとさら》い男の勝手な言い草に猛抗議したかったが、猿轡《さるぐつわ》が邪魔だった。

拘束以上の手荒な行為をされないのは助かるものの、いつ誘拐犯の気が変わって暴行を受けるかわからなくて気はぬけない。

一礼してそばを離れていった男を、秀輔は注意深く視線で追った。

あの男のほかに、室内には仲間らしき男たちが三人いる。入れ替わり立ち替わりやってくる様子から、合計で六、七人ほどはいるようだと推察した。

秀輔に接触してきた男を除くと、見るからに柄が悪そうな風体だ。秀輔を眺めて下卑た笑いを浮かべる輩《やから》もいて眉を寄せる。

それにしても、手引きできる者を大内裏へ送りこんでの誘拐とは大胆不敵な犯行だ。しかも、秀輔を名指しである。

なにゆえ自分がターゲットになったか考えるが、心当たりはなかった。強いて言えば、突然現れた秀輔をおもしろく思わない貴族の仕業か。しかし、推定御子とはいえ、皇族をかどわかすなど重罪だ。

ことが発覚したあかつきには、首謀者は朝廷に対する謀反心ありと看做《みな》されて厳罰に処されるのは間違いない。

そんな危険をあえて冒す貴族がいるものだろうかと、己の推量に疑問が生じた。ならば、なぜだとふりだしに戻った思考が堂々めぐりになる。突如、降ってわいた監禁状態からの現実逃避も兼ねていた。

現状と比べると、愛情に基づいた光玲の軟禁願望など可愛らしいレベルだ。

これからどうなるのか、いちだんと不安になってくる。光玲のもとへ帰してもらえず、怪しい輩に売り飛ばされでもしたら、悲惨な末路を辿《たど》るのが目に見えていた。

現代みたいに、警察機構が全国区で構築されていない世だ。都から遠くへ連れ出されてしまえば、追跡もきっと困難を極める。それ以前に、犯人の顔をばっちり見てしまっている事実に遅まきながら蒼白になった。

目撃者の口を封じるのは、犯罪者に共通する心理で常套手段だろう。己の命が風前の灯火《ともしび》と気づいて動揺に拍車がかかる。

どうせなら、猿轡ではなく目隠し希望だったのにと項垂《うなだ》れぎみに本気でまずいかもと思い始めた頃、俄《にわ》かに外が騒がしくなって息を呑んだ。

使いの者が訪れたのかと、例の男が仲間と連れ立って部屋を出ていく。

ならず者一味がさらに増えたと背筋を凍らせる秀輔の目前へ、間もなく廊下側から大声を張りあげつつ大人数が雪崩《なだ》れこんできた。

無頼漢たちと、動きやすそうな同じ装束を纏《まと》った一団が入り乱れての大乱闘がいきなり繰り広げられる。

「？」

何事が起きているのか理解できずに身をすくめて戸惑《とまど》う秀輔が、大勢の中で見覚えのある姿を視野に捉えて双眸を瞠った。

向こうもこちらをしっかり認識し、すかさず声をあげる。

「光玲さま！　秀輔殿を見つけました」

季忠の台詞で光玲も来ていると知り、乱入してきた一群が味方とわかって肩の力がぬけた。その直後、光玲が姿を現し、囚《とら》われの身の秀輔を見て剣呑《けんのん》な血相になる。

「秀輔！」

即座に駆け寄ってきた彼が、手足を縛っていた布と猿轡を手早くほどいてくれた。

思わず安堵の吐息をつくと、気遣わしげに顔を覗きこまれる。

「もしや、どこか痛むのか？　怪我《けが》をしているのではないか？」

「…ううん。乱暴はされてないから、それは大丈夫だけど」

「そうか。無事でなによりだ」

「光玲」

怖い思いをしたなと言った光玲に抱きしめられて、やっと心底胸を撫で下ろした。この腕の中ほど安らげる場所はない。

嗅《か》ぎ慣れた伽羅の香りを胸いっぱいに吸いこんで、助かった事柄を噛みしめていたら、いったん部屋をあとにしていた季忠が無念そうな面持ちでやってきて、入口付近に片膝をついて光玲へ言った。

「連中を束ねていた男に、隙をついて逃げられました。残った者どもは、そやつに金で雇われていただけらしく…」

「わかった。追わずともよい。その者らも解放せよ。秀輔を無傷で取り戻せれば充分だからな」

「承知しました」

軽く首肯し、腰を上げて去っていく季忠を見送った秀輔が、この誘拐騒動はなんだったんだと首をひねる。

だいたい、光玲らがなぜ自分がここにいると知り得たかも疑問だ。

訊ねる直前、攫われるにいたった経緯を先に訊かれたので詳しく話した。険しい表情を湛えた彼に、秀輔も自らの推測を交えながら訊き返す。

「なんで俺を攫ったんだろうな？　ばれたら、ただじゃすまないって誰でもわかりそうなものなのにさ」

「…ああ」

「それとも、実は宮中に反御上派のやつがいて、俺に纏わる噂を真に受けて先走ったとか。自分

たちが推す人間を皇位につけるために、俺を楯に御上へ譲位を迫ったり、東宮も廃そうとしたりしようと画策してたとか？」

「…なんとも不埒《ふらち》極まる逞しい発想だな」

「ありえなくはないだろ。そういう情報はないんだ？」

「あったら由々しき事態だ」

「ふうん。でも一応、念のために確認したほうがいいって。相手は俺なんかを誘拐するくらい血迷ってるみたいだし、今度は御上側の本物の皇族を攫われたら大変だ。気をつけるに越したことはない」

「……ああ」

妙な表情でいる光玲を訝る秀輔は、まさか己が左大臣家と右大臣家の抗争に巻きこまれたとは思いもしていなかった。

帝から後見を任されている秀輔を攫われるという失態を光玲に演じさせ、あわよくば、父親である左大臣の責任問題まで言及する目的での企てと推知可能な顚末《てんまつ》ともわからない。

逃げた男が次第を知っていたのだろうが、確たる証拠がなくては右大臣の差し金とも断言できず、むやみな追及も難しい。なにより、秀輔を変に怖がらせたくないといった光玲の懊悩《おうのう》を知るよしもなく、見当違いな結論をありえると思っていた。

また、光玲もその誤解をあえて解かない。

ついでに、帝の御子という貴い身分だと派手に勘違いされているおかげで、拘束以外の狼藉《ろうぜき》を働かれずに丁重に扱われていた幸運も認識外だ。

それより、光玲が自分の居場所を特定できた謎のほうが気になって訊ねようとしたとき、再び戻ってきた季忠に声をかけられた。

「光玲さま、牛車の用意が整いました」

「わかった。秀輔、話のつづきは帰ってからにしよう」

「うん」

たしかに、いつまでもこんな場所に長居はしたくない。

話を一時中断し、光玲に手を取られて立ちあがった。まるで彼の小脇《こわき》に抱えられる格好で寄り添われたまま、屋敷の外へ出る。

ならず者たちと戦って撃破したのは、左大臣家に仕える武人の一部だったらしい。

つまり、季忠の部下だ。その彼らに、光玲とふたりで乗った牛車も物々しく警護されて帰路についた。

秀輔が連れていかれていた邸は、三条邸とは真逆の位置にあって少々距離があったものの、光玲は家に着くまでずっと秀輔の手を握って離さなかった。

帰宅すると、事件についてなにも知らされていないのか、悠木がいつもどおりに穏やかな笑顔で出迎えてくれた。

着替えもそこそこに光玲の自室へ導かれ、畳の上に座してあらためてきつく抱きすくめられる。

「秀輔」

「う……こら。力、入れすぎ」

「本当に、大事なくて幸いだった」

「…光玲」

気が狂いそうなほどに砕心したと囁かれて、腕の力を緩めろとの申し出は引っこめた。

自分がもう少し慎重に行動していれば防げたかもしれない事態だけに、申し訳なさもひとしおだ。彼が救出に来なければ、どうなっていたかと考えるだけでぞっとする。

反省と感謝の意を込めて、秀輔は言葉を紡いだ。

「心配かけてごめん。あと、助けてくれてありがとう」

「うむ」

「えっと、早速話のつづきに戻ってなんだけど、俺があそこにいるってどうしてわかったんだ?」

秀輔がいた世界なら、GPS機能付きの携帯電話があったりするので、犯罪に巻きこまれた個人の所在地確認もしやすい。しかし、そういった最先端の便利グッズはいっさいない時代だから、不思議でたまらなかった。

力任せの抱擁をいくぶん弱めた光玲が、秀輔と視線を合わせて答える。

「ああ。常どおり、季忠がそなたを迎えにいったが陰陽寮には姿がなかった。同僚に訊ねるとすでに帰ったと言われたため、慌てて付近を捜していたところ、不審な男に先導されて牛車に乗りこむそなたを見たという」

「季忠さんが…」

やはり、あのとき季忠に名前を呼ばれたような気がしたのは幻聴ではなかったのだ。

度重なる己の落ち度に、ますます嫌気がさす。

「止めに入ろうにも、思慮もなく動けばそなたに害が及ぶかもしれぬと危ぶみ、そなたの身の安全に留意しつつ、密かにその牛車のあとをつけたそうだ。そして、行き先を突きとめて大急ぎで内裏へ取って返し、私に知らせてきたという仕儀だ」

「……そうだったんだ」

報告を受けた光玲は、直ちに手勢をそろえてあの屋敷に駆けつけてきたのだとか。

季忠の咄嗟の機転と、光玲の素早い行動力のおかげでことなきを得たようだ。

「季忠さんにも謝らないと」

「そうだな。そなたに万が一のことがあれば、御上にも私にも合わせる顔がないと申して、己をひどく責めていた」

「そんな…っ」

自らの軽率な行動が発端で、親しい人々を悲しませてしまって惑う。珍しく落ちこんだ秀輔は、季忠の行いに裏があるとは疑いもしなかった。

当然、左大臣と右大臣の対立激化を承知の季忠が、今回の一件を右大臣一派の謀《はかりごと》ではと怪しみ、左大臣失脚を目論《もくろ》む右大臣の悪事にかかわる証拠を摑もうと、秀輔の誘拐をわざと阻止せずにいたなど知りようがない。

今後の注意喚起を含めた意味での光玲の台詞だとも、勘づくはずがなかった。

厳しい縦社会と実感している秀輔が、おずおずと光玲を見つめて訴える。

「俺、これからはなにかと気をつけるからさ。今度のことで、季忠さんに罰を与えたりしないでくれよ」

もとはと言えば、仕事が早く終わってふらふらとひとり歩きした自分が悪い。その上、見ず知らずの相手に不用心にものこのこついていってしまった。

罰を受けるべきは自分のほうだと神妙に述べる秀輔へ、光玲が苦笑する。

「この程度で処罰はせぬが」

「ほんとに？」

「嘘をついてどうする」

「よかった」

心の限り安心しながら息をつくと、彼がさらに言い添えた。

「まあ、そなたが今より警戒心を持ってくれるのは助かる。特に、外出や移動については、私か季忠本人以外の者の言うことは、たとえ御上や東宮さまの御名を出されたとしても信用してはならぬ」

「うん」

「頼むから、向後《きょうこう》は見知らぬ者にみだりについていかぬようにな」

「む」

最後に関しては、幼児に言い聞かせるみたいな内容で憮然《ぶぜん》となる。

まさにそのとおりの馬鹿をしでかしたばかりの前科一犯ほやほやなだけに、論駁《ろんばく》の舌も鈍った。

「…子供扱いするな」

「天真爛漫《てんしんらんまん》で愛らしいという点では、そなたもたいして童子と変わらぬ」

「なんだと……って、ん！」

聞き捨てならない言い草に光玲を睨んだ刹那、慮外に吐息を奪われた。

双眸を見開いたあと、笑みまじりの眼前の彼を睨みつける。ほどなく顔を離したときには唇盗人は微笑を消していて、怖いくらいに真剣な眼差しで呟いた。

「どんなそなたも、私にはひどく愛おしく、大切な存在ということだ。そんなそなたを攫われたと聞いて、寿命が縮んだどころではなかった」

「光玲」

「宝などといった言葉でも追いつかぬ。そなたは私のすべてだ」

「う、うん。わかったから、なんかちょっと落ち着け」

憂慮しすぎて、おかしなスイッチが入ったのかわからないが、熱っぽい言詞を滔々《とうとう》と垂れ流し始めた光玲に焦る。

もう平気だし、どこにも行かないし、ずっとそばにいると宥めつづけると、額同士をつけた彼が微笑んだ。

誘拐騒ぎでナーバスになっていたのが少しはおさまったかと笑顔を返した秀輔の腰に回されていた腕に、少しく力がこもる。そして、おもむろに背後へ押し倒されて慌てた。

「は？　え？　なに。えっ⁉」

褥《しとね》に頭を置かれ、恐ろしい手際のよさで烏帽子を取られて直衣を乱されていく。抗いも衣服を脱がす反動にうまく用いられ、あれよあれよという間に半裸状態に剝《む》かれてしまった。

さきほどまでのしおらしさはなんだったんだと噛みつくも、騙したつもりはなく本心だとぬけぬけと言われて腹立たしい。

「ちょ……なんだよ、これ！」

「そなたの無事を確かめたい」

「とっくに確認ずみだろ」

「いいや。この美しい肌のどこにも傷を負っていないか、あますところなく私の目でも調べねば気がすまぬ」

「だったら、なんで触る必要が…っ」

「あいにく、打ち身があるやもしれぬのでな。よく触れて見極めねば」

「な……っん」

ああ言えば、こう言う屁理屈《へりくつ》名人に呆れ果てて絶句している隙に、覆い被さられて唇を重ねられた。

難なく歯列を割って入りこんできた光玲の舌に囚われた舌がまず餌食《えじき》になる。

根元から引き抜く気かと本気で蒼《あお》ざめるくらい弄《もてあそ》ばれたのは、ほんの序幕だ。口蓋《こうがい》を中心に口内中を舐めつつかれたり、呑まされすぎた唾液《だえき》が気管に詰まりかけたりと、キスだけで顎全体がすでに疲労ぎみだ。

「っは……あ、ふ…」

「うむ。猿轡の影響はなさそうだな」

「そ……」

「ひとまず安心した」

「……っ」

彼には口元ではなく、のど元を布できゅっと締めあげられる体験を是が非でもさせてやりたい欲求がうっすら芽生えた。

忙しない呼吸を繰り返しながら恨めしげに見遣る秀輔が悪態をつくより早く、股間へ指を絡められて眉をひそめる。

「おい！」

「よもや、ここには触れられていまいな？」

目を眇めた光玲の問いに、当たり前だろうと睨みつけた。すると、残る片方の手で胸の突起を交互に摘《つま》まれ、腰の奥にも指先で触れて同じ質問をされる。

「こちらもか、秀輔？」

「ん……触らっ…て、な…い」

「舐められてもいないか？」

「ば…っ」

そんなわけがあるかと唸って、彼の肩口を両方の拳で叩いた。

答えはわかりきっているくせに愚問をしてくる光玲は、実に意地が悪い。艶事中はそれが顕著になって手に負えなかった。

「では、これを銜《くわ》えられてもいないと」

「んあぅ」

「そう判断してよいのだな」

艶冶《えんや》に囁いた彼が、やんわりと扱いていた秀輔の性器を口に含んだ。

咄嗟に逃げを打とうにも、ぬかりなく開かされた脚の間に陣取られていて叶わない。どうにか光玲の顔をそこから引き剝《は》がしたいが、卓越した舌技の前では抗いも弱まった。

「あっあ、く……光玲……やめ…」

「聞けぬな」

「う…んんっ」

口淫《こういん》で得られる鋭い法悦に、秀輔はいまだ戸惑いと羞恥が先に立つ。

甘露だの花蜜だのと世迷い言をほざいて、光玲が隙あらば精液を飲もうとするせいだ。

いくら嫌だと言っても、三回に二回は強制摂取されていた。その唇でキスされる身にもなれと思うが、ごく稀に秀輔が彼自身に口で奉仕した際、よくできたと褒めるように迷わずくちづけてくる恋人を知るだけに強くは拒めない。

要は慣れの問題にしろ、性格的にこの先も性行為自体に免疫がつくのは無理な気がしないでもなかった。

なにせ、マンネリとは程遠いバラエティに富んだ方法で、毎回これでもかと赧顔《たんがん》してしまう破廉恥なことをされて感受性を打ちのめされているのだ。

「やっ、や…ぁ……も、光玲っ」

「ああ」

先端部分を舌先で突かれ、軽く歯を立てられて射精欲が高まった秀輔が、離せと震える声で頼む。躱《かわ》されるかとの予想に反し、すんなりと聞き入れられて拍子抜けした。

助かったと気を緩めた途端、いちだんと光玲側へ身体を引き寄せられてしまい、必然的に大股《おおまた》開き状態で腰が浮く。

反り返った性器もろとも恥部全開の災難に、性方面においてのみ柔な神経が全治二日程度の軽傷を負わされた。

数えるのも面倒なくらいの羞恥致傷だが、常習犯かつ現行犯に文句のひとつも言ってやらねばと意気込んだら、開いた脚の間越しに目が合った彼が口角を上げる。そうして、これ見よがしに秀輔の性器の裏側から陰嚢、会陰《えいん》にかけてを舐めた。

「な……」

「放ってよいぞ」

「そん、な…ぁあ……あっ…んく」

「さあ」

こんな格好で冗談ではないと歯を食いしばって踏ん張ったものの、性器の根元を甘噛みされ、後孔へも尖《とが》らせた舌を入れられての合わせ技で光玲が圧勝する。

「ん、っああ……あ、あ、あっ」

こらえきれなかった吐精は、解放感とともに残念な惨状ももたらした。

体勢が体勢だっただけに、自らの精液が全部まともにかかっている。顎の辺りにまで飛んできたそれに頬を歪《ゆが》める秀輔に、彼が上機嫌で囁いた。

「己が蜜《みつ》にまみれるそなたは無極だな」

「うるさ、い……や。まだ触る、な！」

「今度は私のもので濡らさねば」

「嫌だ。いらない。どけ……ひあぅ」

「照れずともよい」

「だ、れが…っ」

恥じらっているんだ。聞け、こらと喚いて抗ったが、たっぷりと唾液を流しこまれた後孔に指を入れられて挫けた。

そこを舐めてほぐされる惨状にも、いまだ不慣れだ。

どれだけ反抗して制止を求めても、こうしないとつらいのは秀輔だからと言いくるめられて好きにされていた。

脆《もろ》い箇所を重点的にしつこく擦《こす》られ、たたみかけるように胸も弄られて抵抗心が奪われていく。

かわりに、水音を立てて内部を掻《か》き回されて含羞《がんしゅう》が煽られた。

内腿《うちもも》をねっとりと這《は》う光玲の唇が、薄い皮膚に新しい吸い痕《あと》や噛み痕をつける。

前回の分の痕跡《こんせき》が消える暇もない頻度での交わりが慚愧《ざんき》に堪えない。

「うん…んっ、んっ……あ、んう」

「ようやく二本目だ。幾度抱いても、そなたの蜜壺《みつつぼ》は狭いままで初々しい」

「い、やぁ…っ」

そう締めるなと笑いながら脚のつけ根を齧られて、秀輔が身をよじった。内壁への刺激でまた芯《しん》を持っている性器が視界に入り、思わず手を伸ばして隠す。その直後、うっかり視線が絡んだ彼に満面の極上笑顔で促された。

「存分にしてかまわぬ」

「な、にを…？」

「なにって、手ずからそこを握っておいて申すか」

「そ……こ、これは……ちがっ」

現況が、客観的に進んで手淫に耽りたがっている状況に見えなくもないと気づいて慌てる。

実際は見苦しくてカバーしたにすぎず、握ってもいないと釈明するも、強力なエロフィルターがかかった光玲には通じない。

渋る秀輔を昇り詰めてしまわない妙手なやり方で焦《じ》らしに焦らし、ついには彼の真正面で自慰をするはめになった。

初めてではないが、光玲に背を向けた姿勢だったので表情をごまかせた前回と比べ、今回の開けっぴろげさは痛手だ。

硝子《ガラス》張りの風呂やトイレに人前で入る感覚と共通しているかもとがっくりしつつ、己自身をそろりと扱いた。

「っふ…ん、ぅ」

彼の眼差しを感じて、固く瞼《まぶた》を閉じる。

視覚を遮断したのはいいけれど、自分の荒い呼吸や光玲の少々乱れた吐息、体内の指の動きに意識がいって動揺した。なにより、後ろを彼に弄られながら自身を慰めるといった嬌態を見られているのがいたたまれない。

なのに、萎《な》えない己の慎みのなさにも泣きたくなった。

「あ、っあ……んんん」

いまし方、昂らされたこともあり、二度目ともあって肉体が鋭敏になっていたせいか、絶頂はすぐに訪れた。再度、自らの体液を浴びて気息奄々《えんえん》の秀輔が余韻に浸る間もなく、指の数が増やされて目を見開く。

「ちょ……待っ……ふあ、ぁ」

「抱くたび新たな一面を覗かせるそなたは、いったいどこまで私の心を奪い、縛りつけるつもりなのだろうな」

「嫌、だ…ゃ…ああ……光玲っ」

「罪つくりだが、愛しくてならぬ」

「んっ……あ、あっ…あ…」

粘膜内の弱点を執拗《しつよう》に嬲《なぶ》られて、髪を振り乱す。

指にかわり、下半身の衣服だけ寛げた光玲がようやく挿入《はい》ってくる頃には、心ならずも涙眼でどうにか理性にしがみついている実情だった。

鬱陶しくなったのか、彼がもどかしげに烏帽子を取る。その所作で乱れかかった黒髪も艶《なまめ》かしく映った。

すべてをおさめきった光玲が、秀輔の両手を指を絡めて握って顔の脇《わき》へ縫いとめ、上体を倒してくる。

「っは、あ…んんっ」

長大な熱塊に馴染む前にゆるゆると動かれて、繋《つな》がれた手に爪を立てる。ついでに、彼の脇腹付近を直衣越しに膝で軽く小突いた。

「まだ……だって、ば…」

「そなたの中はよい感じに蕩《とろ》けているがな」

「そ、ん……あっ、あ…あっあ……んぅ」

「ほら。絡みついて私を離さぬ」

「くっ」

おまえが無理やり絡んでくるせいだと、襞《ひだ》の纏いつき疑惑を完全否定したかったが、水かけ論に発展しそうでやめる。

せめてもの反抗に間近にいる光玲を睨むと、にっこり笑って中を攪拌《かくはん》され、秀輔がひときわ感じる場所をピンポイントでしたたかに攻めたてられ始めて惑乱した。

「や、ああ…うっ……嫌、だぁ」

「そなたの『嫌』は裏返しゆえ、もっとここを愛でてほしいのだろう?」

「ちが……ん、あっ、あっ……光玲……だめっ……も、やあっ」

涙ぐんでの懇願も聞き届けてはもらえず、彼の楔《くさび》で延々と体内をつつき回された。

この衰え知らずの持久力たるや、本気で恐ろしい。光玲より五歳も若い、血気盛んな年頃の自分がいつも白旗を上げているなんておかしいと思う。逆ならまだしも、毎度かつかつになるまでなにもかもを搾りとられている気がした。

しかし、普段食欲旺盛《おうせい》なペットが食べないと心配になるように、光玲が性欲不振だったらたぶん普通に心配する。

元気のバロメーターがエロさというのは遺憾なれど、そうなのだから仕方ない。

「光玲っ……光、玲…ぁ」

「なんだ?」

「頼むか…ら……もう、終わっ…て」

「では、そなたから『きす』を」

「ん……っふ」

閨事関連の現代用語をいくつかマスターしている彼の、お気に入りワードベストワンがこれだ。

ちなみに、二番目がフェラチオで三番目がオナニーというチョイスは悲しすぎて涙が出そうだ。

要望どおり、頭を上げてキスしようとしたけれど、光玲の唇にはほんの少し届かなかった。顔を寄せてくれない意地悪さが恨めしかったものの、縫いとめられていた手はほどかせてくれたのでよしとする。

力が入りづらい右手を上げて彼の後頭部に添え、引き寄せた。

軽く唇を重ねたあと、意趣返しに下唇へ加減して噛みつく。どうだと秀輔が視線を絡めた瞬間、息が止まるほどの猛反撃を食らって呻いた。

「んっ、んう…んんんぅ」

かぶりを振ってキスを振りきろうにも、体重をかけてのしかかられていて不発に終わる。そればかりか、抽挿も激しくされてはたまらなかった。

光玲の胸元や肩を押し返したり、叩いたりして、しばしの後にやっと呼吸は確保されたが、後孔への甘い責め苦は継続中だ。

「やめっ……あ、ぁ……光玲っ」

「秀輔」

「う、ん…きつ……い」

「それは私の台詞だ。こんなに締めつけて」

「っはあ……んっあ……嫌っ…あ」

突きあげで摺りあがる秀輔を、長い腕が肩を抱いて引きとめる。

光玲の首筋に両手を回して縋りついているのも、彼の動きに合わせて自ら腰を揺らしているのも無意識だった。

「あっ…う……や、だ……ああっ」

「く」

さらなる深みを抉《えぐ》られて胸を反らして仰《の》け反《ぞ》った直後、光玲が低く唸った。ほどなく、敏感な内膜に熱い奔流が流しこまれる。

「や、んっん…ぁ」

幾度体験しようと、なんとも言い難い感触をこらえている秀輔の身体が不意に抱き起こされた。無論、光玲と繋がったままで、胡坐をかいた彼を跨《また》いだ姿勢で向かいあわせに座らされたのも狼狽したが、硬度を失っていない楔にも息を呑む。

「まさ、か……まだ…するのかよ!?」

「ああ。あと二、三回は」

「……なんで、そんなに元気なんだ」

「そなたへの愛ゆえだ」

「たまにはプラトニックがいい」

「ぷらとにっく、とは?」

訊ねる間にも双丘を持って揺すりあげ、乳首を交互に舐め齧ってくる光玲は如才なかった。

聞く気があるのかと詰ると、秀輔が話せるならとふざけたことをぬかす始末で、抽挿も愛撫も緩めない。

こんな状況ではまともな説明ができるはずもなく、結局は憎まれ口になった。

「んっ、あ……おまえに…エロ不振は……一生、来なぃ……あぅ」

「うん？」

「あっ、あ…」

そちら方面で恋人を心配する日は訪れそうもなかった。というか、己の尻《しり》の安寧ぶりを懸念したほうが無難だと痛感させられるほど泣かされ尽くした翌々日、秀輔は帝に呼ばれて出仕後に光玲と合流して清涼殿にいた。

身分を賜って以降も、こうやってしばしば召し出されるため、噂の信憑《しんぴょう》性がいちだんと高まっているらしいのが微妙だ。

かといって、立場上、帝のお召しを拒否などできるわけもない。

いつものように人払いがなされた身舎《もや》で、帝がおおどかに口を開いた。

「そなたも出仕に慣れてきた頃か。秀輔」

「…はい。陰陽寮の方々とも親しみ、わたしなりに精一杯勤めさせていただいております。お心遣い、痛み入ります」

御上の情人によるいびりにも耐性がついて参りましたと、のど元まで出かかった台詞はなんとか呑みこんだ。

「それは上々。仮に、なにか困った儀があれば、なんでも申すがよい」

「……恐縮です」

現今、帝の情人以外に心当たりはない秀輔だが、さすがに言うのは憚られて一昨日の誘拐騒動を話題にする。

すでに光玲からあらましを聞いていただろう帝が、大事がなくてなによりと労《いたわ》りの言葉をかけてくれた。一方、初耳だったらしい東宮に詳細を語る秀輔は、帝と光玲が深意を含んだ目配せを交わすのを見逃す。

話を聞き終えた東宮が物騒だねと眉をひそめたあと、諭すように秀輔へ言った。

「いろんな意味で秀輔は危ないから、御所内といえど、ひとりでいてはいけないよ」

「…東宮さまのご意思を測りかねますが?」

「まあ、簡単に言うと、そなたの美しさに心奪われた者が、連れ去るのが目的でなくとも接触を図ろうとしかねないということかな」

「そ……」

「どこかの女人に歌を託された者や、直接口説《くど》きにくる公達とかね」

「……心得ました」

誘拐の次は誘惑に気をつけましょうと忠告されて、神妙にうなずいた。

自分の容貌云々より、もの珍しさで声をかけられるに違いないと面倒くさくてうんざりする。

人々の関心が早く失せればいいのにと胸裏で溜め息をついていると、東宮がそうだとおっとりとつけ加えた。

「女人と言えば、光玲。わたしも昨夜、香子から聞いたばかりなのだけれど、参議の七条の姫との縁談はまとまりそうなのかい？」

「え!?」

「ああ。わたくしも聞き及んでおる。どうなのだ、光玲」

「……っ」

帝も加わっての唐突すぎる爆弾発言に、秀輔が隣にいる光玲を息を呑んで見つめる。

心臓が嫌な具合に鼓動し、血の気が一気に下がっていくのを感じた。

帝の御前を辞して三条邸へ戻る道中の牛車《ぎっしゃ》内は、微妙な雰囲気が漂っていた。

発生源は主に秀輔で、複雑な心中を整理できずに、話しかけたそうな光玲を怒りオーラで威嚇し黙らせている。

◇◆◇

気分的には、『俺は聞いてない！』の一言に尽きた。帝と東宮がいる場で、光玲へ摑《つか》みかかって絞めあげたい衝動はなんとかこらえたが、気持ちはおさまらない。

寝耳に水の光玲の縁談に、自分でも情けないほど動揺した。帝らの問いかけを否定せず、秀輔と視線が合うと気まずげな苦笑を浮かべた彼を見た分、それが本当なのだとわかってあらためて衝撃を受けた。

特に興味津々な東宮は、光玲もようやく年貢の納めどきかと笑った。

父親は参議の是永《これなが》氏、母親も名門貴族の出自という七条の姫なら家格的にも申し分なく、正妻に迎えるのに相応《ふさわ》しい。しかも、十四歳と妙齢でかなりの美人であり、若いのに琴の腕前もなかなからしい。

少し前には、光玲は是永邸の管弦の宴へ招かれて舞を披露したと聞いて、明らかに外堀を埋められている状況だ。

嫡男が落ち着いて左大臣も安心だろうと言われて、まだ正式に決まってはいないと控えめに答えた彼にも胸が潰《つぶ》れた。

秀輔だけだと何度も囁《ささや》いたくせに冗談ではない、ふざけるなと激昂《げっこう》する。

自分以外の人のところへ通う恋人を黙認する寛容さは、あいにく非装備だ。相手の移りゆく恋心を哀れと歌に詠《よ》んで嘆くといった消極的な報復手段は手ぬるく、拳《こぶし》と舌にものを言わせる実力行使で落としまえをつけさせなければ気がすまなかった。

だいたい、二十五歳の光玲が数え年で十四歳、つまりはまだ十三歳の少女に手を出すなんて、秀輔の感覚では立派な犯罪だ。ついでに、ロリコン疑惑も加味される。

反面、この時代を学んだ身では自然な流れとも理解できるので葛藤《かっとう》も激しかった。

彼のようないい家柄のエリート貴族が、それなりの門閥の姫君を娶《めと》るのは当然なのだ。年齢もさして関係なく、女性にとってはそのくらいがいわば結婚適齢期である。もっと幼くして婚約の運びになるケースもなくはない。

当時の貴族社会では政治的立場をいま以上に確固たるものにし、家の繁栄のためにも必要かつ重要なことで、なにより左大臣家の後継者を設ける責務があった。

秀輔の身上では光玲に与えられるばかりで逆は難しいと知っている上、どう頑張っても子孫など残してやれない。

一夫多妻が主流の時代ゆえに、自分がいるのに光玲が結婚したところでなんの問題もないと承知だが、異なる価値観で育った秀輔には己が愛人になるのは無念だった。なんといっても、愛する人を第三者と共有するのは耐え難い。

光玲の側室コレクションに加えられたあげく、寵愛《ちょうあい》ランキングまでつけられようものなら、侮辱行為と看做《みな》して名誉毀損《きそん》及び、重婚、精神的苦痛で訴えてやりたい。

男の身で、彼の訪れを待ちわびる生活も惨めだし、屈辱すぎる。

しかし、その主観は現代でしか通用しない自分のわがままだ。こちらの世ではこれが常識だし、光玲の将来を考えれば有意義な結婚を止めてはいけないとわかってもいる。

ただ、感覚的にやはりどうにも我慢ならなくて悩ましかった。

いままであえて本人には訊《き》かずにいたものの、澄慶や悠木の話から彼に恋人がけっこういたのは既知だ。

秀輔と出会って以降、つきあいのあった人たちとは別れたようだが、それこそ光玲の男ぶりとバックグラウンドでは、元カレやら元カノが一ダースいたとしても驚かないけれど、正直おもしろくはない。

過去に妬《や》いたって無意味なのは了知でも、彼の腕を知る誰《だれ》かがほかにもいると意識すると苛立《いらだ》たしかった。

昔の恋人でこんなに腹が立つのに、いまの恋人なんかとんでもない。

おそらくは二股《ふたまた》が発覚した時点で、怒り狂う自分が容易に想像できた。浮気相手はともかく、端整な顔に派手な青痣《あおあざ》ができるのも辞さずに光玲を張り倒したくなるだろう。

そもそも、彼が好きで、彼がいるからこそここで生きていくと決心したのだ。とはいえ、個人的な意見を封建社会における左大臣家嫡男の縁談にぶつけるのは論外だと、冷静な部分が暴走ぎみの感情に再び待ったをかける。

光玲にしろ、望んでの結婚ではない可能性は高い。大抵は政略的な意味合いの家同士の繋《つな》がりが主目的で、当人らの気持ちは介在しない。自身のためというより、家と次代を確実に継いでいくための合理的な制度だ。

そう解釈するも、彼とともに在る決意が、自分自身の存在意義ともども揺らぎ出す。

頭にのぼっていた血も徐々に下がってクールダウンしていき、己の価値観とこちらの世の常識との間で板挟みになって落ちこみ始めた。

秀輔の思惑は、この世ではたぶん誰にも理解してもらえない。仕方がないこととわかるけれど、ふと猛烈な寂しさが込みあげてきた。

光玲を愛している。でも、多妻のひとりにはなりたくなかった。かといって、それでは彼の前途に支障が出る恐れがある。だが、恋敵と彼をシェアするなどもってのほかで独り占めしたくも、独善的な手法で彼のためにならない。

唯一の解決策は自分が耐えることだとわかっているものの、絶対いつか不満が爆発しそうだ。いまと同じ純粋さで光玲を想えなくなる未来も嫌だった。

心から頼れる人が彼しかいない世界で、その当人すら信じられなくなるのは酷だ。なにを拠《よ》り所に生きていけばいいのか、根本から見失う。

懊悩《おうのう》の末、秀輔はいっそ自分がいないほうがいいのではと考えた。現代に帰る方法をまた探すべきかと一足飛びに思い詰める。

三浦の先祖にできたのなら、その弟子で稀代《きだい》の陰陽師《おんみょうじ》と名高い清嗣にだって新たなタイムスリップシステムがつくれるはずだ。試す価値はあると、本気で清嗣へ頼もうかと密《ひそ》かに思案していたところへ、声をかけられた。

「秀輔。着いたぞ」

「え……あ、うん」

我に返ると、優しい眼差《まなざ》しと視線が合った。

三条邸まで、ずっと無言で思考に耽《ふけ》ったままでいたらしい。先の強気さはなりをひそめ、不自然ながらぎこちなく目を伏せた秀輔にかまわず、先に牛車を降りた光玲が今度は手を差し伸べてきた。

さすがに無視もできず、大きな手に渋々と摑まる。

護衛の季忠に見送られ、悠木に出迎えられて邸内に入り、各々の部屋に分かれた。着替えたら、しばらくひとりにしてほしいと悠木から伝えてもらおうと思った矢先、すでに直衣《のうし》姿になった光玲がやってきて出端を折られる。

悠木が来る気配はなく、訝《いぶか》った秀輔が訊《たず》ねた。

「なんで……悠木は？　着替えが…」

「そなたと話をしたかったのでな。下がらせた」

「話なんて、俺は別にないし」

「そのように不安そうな面持ちで言われても、信じられぬ」

「……っ」

反射的に俯《うつむ》いた秀輔を、正面に腰を下ろした光玲が腕を伸ばして胸元に抱きこんだ。身体《からだ》のバランスを崩しつつも、踏ん張って逃れようと抗《あらが》ったが叶《かな》わない。結局、彼の膝《ひざ》を跨《また》いで乗りあげる格好でおさまってしまった。

間近の黒い双眸《そうぼう》を恨めしげに睨《にら》むと、唇を啄《つい》ばまれる。

「ちょ…光玲！」

「縁談について、黙っていてすまなかった。驚かせたな」

「………」

単刀直入な話の切り口に、反応が遅れた。どう返せばいいか自らの中でまだ定まっていない状態なので、言葉に詰まる。そんな秀輔の背中をゆっくりと慰撫《いぶ》して、光玲が穏やかながら迷わぬ口調でつづけた。

「私にはすでにそなたがいるのだ。誰とも結婚はしない」

「え？」

「今回の話も、早晩断るつもりでいたゆえ話さなかった。私の伴侶《はんりょ》は秀輔だ。そなたひとりだけを生涯愛しぬくと誓ったであろう」

「でも…」

「こうしてそなたをいたずらに不安にさせまいと思って内密にしていたものを、宣耀殿の女御さまへ迂闊《うかつ》にも口止めするのを忘れた私の失態だ。すまぬ」

「……光玲」

光玲の想いも配慮も心底うれしいが、左大臣家の嫡男にそれは許されないはずだ。彼はよくとも、周囲が承諾するまい。彼の姉が夫である東宮に弟の縁談を話したのも、吉報をよろこばしく思ってに違いないのだ。

自分のせいで、光玲が家族や一族からも非難されるのは避けたかった。ならば、情人で甘んじるのかと問われると即座にうなずけなくて惑う。

眉《まゆ》をひそめて苦悩する秀輔の顔を覗《のぞ》きこんだ彼が、不意に微笑《ほほえ》んだ。

「この手の話では二心《ふたごころ》など断じて許さぬと、そなたなら激怒しそうなものだが？」

「う」

「違うか？」

こちらの性格をきっちりと把握されていて、いささか憮然《ぶぜん》となる。同時に、秀輔をわかろうと努めて常に歩み寄ってくれる姿勢に胸が熱くなった。他方、対秀輔用の傾向と対策は万全な気がして、逆に疑念も生じる。

これだけ読まれていたら、自分に見つからずに完全犯罪で浮気されそうだ。

「…違わないけど、それがこっちの常識だろうから、慣れる努力は、する」

「その口ぶりではどうだかな。慣れられるのか？」

「く……あと十年後くらいには、たぶん…」

「なるほど」

笑いをこらえた表情をされて、ばつが悪くなる。なんとも曖昧《あいまい》かつ悠長な長いスパンの提示だが、秀輔にとっては妥当な線だ。

現代常識を培った二十年には及ばずとも、一番抵抗感が強い道徳部門をその半分の時間で平安仕様に改変してみせるとうなずく。できるだけ短くする所存だとつけ加えると、彼が額同士をつけてきて双眸を細めた。

「まあ、そなたが慣れようが慣れまいが、今後も縁談は断るがな」

「それじゃ…」

「うん？」

「おまえの立場がまずくなるだろ。家の人だって、きっと承知しない。おまえは仲野家の跡取りなんだし」

「私を心配してくれるのはうれしいが、あいにく杞憂《きゆう》だ。先方には角が立たぬよう断ればいいのだし、実弟や異母弟をはじめ、一族を存続させる者はいる」

「だけど！」

仲野一門が強く望むのは、総領息子たる光玲の血を引く後継者だ。それがわかっていながら、妻を迎えろと言えない己の狭量さに唇を噛《か》みしめる。

本当は嫌だが背に腹はかえられないので、意を決した秀輔が断腸の思いで呟《つぶや》いた。

「あの、さ」

「なんだ」

「うん。その……俺にわからないようにうまく、おまえが奥さんたちのとこに通ってくれるなら平気かもしれないから、俺のことは気にするなよ」

「そして、愛もなく子づくりにのみ励めと？」

「そ……」

「それは私に対しても、相手の女人にも失礼な発言だ」

「……ごめん。すごく無神経な失言だった。でも、俺…」

「わかっている。そなたが私のことを想っての言とは重々な」

「……っ」

再度噛んだ唇に、光玲がそっと自らの唇を重ねてきた。思いあまっての突飛な発想を窘《たしな》める傍ら、狼狽《ろうばい》する心情を宥《なだ》めるような労《いたわ》りが込められたくちづけだ。

次第に深くなっていくキスの合間をぬって、彼が低く囁く。

「そなたのためならば、習わしに逆らおうとかまわぬ」

「光玲…」

「愛している。そなただけと誓った言葉に偽りはない」

「ん……俺も」

「なにも懸念せずともよい。たとえ、この先なにがあろうと、私の身も心もそなたただひとりのものだ」

「う、ん…」

甘い台詞《せりふ》を紡ぎつつも、光玲の手はぬかりなく秀輔の束帯を脱がしにかかっていた。

秀輔も不安に駆られたせいか、恋人の情熱をたしかめたくて珍しく逆らわない。キスをほどき、彼の膝上に乗ったまま邪魔な冠を自分で取り払った頃には、早くもこちらの下肢は寛《くつろ》げられて性器に指を絡められて身をよじった。

「あっ…あ」

「秀輔」

首筋に顔を埋められて肌を吸われる。甘噛みもされて呻《うめ》き、きつく痕《あと》をつけられて小さく悲鳴をあげ、光玲の直衣の肩口を引っ張った。

見える箇所は避けろと注意したが、生返事で怪しい。もう一度促す寸前、性器への愛撫《あいぶ》がサービス過多になってそれどころではなくなった。

つぼと弱点を心得た緩急織り交ぜての熱心な指遣いに翻弄《ほんろう》される。

こういう点でも器用さを遺憾なく発揮する彼に徹底的に追いこまれる側としては、想いとは裏腹に逃げ出したい瞬間だ。今日はどんな嬌態《きょうたい》を引き摺《ず》り出されて、その眼前に晒《さら》すはめになるのかと胃痛を覚える。

「少し腰を上げろ」

「ゃ……んぅ」

「いい子だから、秀輔。私の言うとおりに」

「んぁ…」

耳朶《じだ》を食《は》まれて耳孔に舌を入れられながらの命令に、耳周辺が弱い秀輔は従わざるをえない。のろのろと腰を浮かせ、下半身につけていた衣を脚から抜くのに協力させられる。そうして、なおも性器を的確に刺激されつづけてはたまらなかった。

光玲の直衣が素肌に触れることにすら感じ入り、跨《また》っている彼の大腿《だいたい》へ陰嚢《いんのう》を擦《こす》りつけるような仕種《しぐさ》を取っていたのは無意識だ。無論、その淫《みだ》らな所作に恋人がきっちり煽《あお》られているとは気づかない。

「ふ、っあ……あ、あ…ああっあ……んんぅ」

いっそう激しく追いあげられてついにこらえきれなくなり、あられもない嬌声《きょうせい》を漏らして果てた直後、吐息を奪われた。

ただでさえ酸欠状態なのに、最大の息継ぎ器官を塞《ふさ》がれて息苦しい秀輔が涙目で逞《たくま》しい肩を叩《たた》いて抗議する。それでもやめてくれないため舌に軽く嚙みつくと、至近距離で視線が絡んだ光玲が目だけで笑い、いきなり視界が反転した。

「ん……え⁉」

褥《しとね》に仰向けにされたと認めてすぐ、後孔を指でつつかれて身をすくめる。付近をねっとりと撫《な》でていた指先がほどなく内部へ侵攻し始めて呻いた。

いまの吐精で纏《まと》った精液で濡《ぬ》れているせいか、ひどい引き攣《つ》れ感なく入ってくるのがなんとももの悲しい。男なら、そんな場所に異物を感知し次第、直ちに排除せよと厳命したいが、この異物が快楽をもたらすと学習ずみの脳は危険物認識をしないのだ。

光玲にすっかり調教、及び開発されてしまった肉体がやるせなかった。

「ちょっと……まだ…っ」

「まだ先まで入れろと？」

「ちが……っあ、あぁあ……んく」

意図的に曲解したであろう彼を睨み、脚の間に陣取っている身体を膝で小突く。しかし、覿面《てきめん》に弱い部位《いじ》を弄り尽くされて撃沈した。

しかも、射精したての性器を舐《な》めたり齧《かじ》ったりとちょっかいを出してくるわ、後孔に指と併せて尖《とが》らせた舌を挿入してくるわ、上半身の衣服をはだけさせて胸にも悪戯《いたずら》してくるわと、閨房術《けいぼう》の申し子は抜け目も容赦もなかった。

「ああっ…ん、ぅ……やめ…」

「昨夜の名残もあってか、いくらかやわらかいが」

「んっ、んっ……光玲、も……嫌ぁ」

「いま少しだな」

「そん……んああっ」

二割が苦痛緩和の親切心、残る八割が意地悪とわかって忌々しくも、快感を支配されている身では抵抗も難しい。

さらに指の数を増やされて散々に中をほぐされて、またもや極めた。

ようやく指をすべて引きぬかれて安堵《あんど》の吐息をつく。前戯だけで情交一回分くらい疲れてぐったりぎみな秀輔の右太腿《ふともも》へ、おもむろに体重がかかった。気だるげに視線を向けると、自身の下肢を寛げて上体を起こした光玲が右脚に跨っている。

なにをと思った刹那《せつな》、あろうことか左脚が持ちあげられ、彼の右肩に担がれた。

「な……」

恥部があまねくまる見えの破廉恥体勢に愕然《がくぜん》となる。咄嗟《とっさ》に閉じようとしたが、両脚ともしっかり固定されていてままならない。

羞恥《しゅうち》で狼狽し、胸を喘《あえ》がせる秀輔の後孔へ熱い屹立《きつりつ》が押し当てられた。

「や、やだ……こんな格好…っ」

「そなたの花園が、悉《ことごと》く鑑賞できてよい」

「見…るな！」

「私が挿入《はい》っていくところも」

「あっ、あ…ゃ、ああ……あ、あああっ」

ひと息に腰を落として光玲を押しこまれて絶叫した。体内の彼の存在に馴染《なじ》む暇《いとま》も与えられず、小刻みに突かれて惑乱する。深い位置を執拗《しつよう》に擦りたてられて身悶《みもだ》えた。

腰から上しか自由にならず、褥に脱ぎ捨てた衣を握ってのたうつ。

「光、玲っ……ぅあ…ん、ん……あ、あ…」

「私の呼吸に合わせて締めろ」

「誰が…っ」

「もっと気持ちよくしてやるから、さあ」

「も、勘弁…って……ひぁう」

充分、悦楽は足りている。いや、むしろ超過傾向と謹んで遠慮を申し出たが、悦予のスペシャリストは見逃さない気満々だ。

愉悦に上限などないとばかりに、光玲が理想とする締めつけ方と緩め方を懇切丁寧に手ほどきされる。なんで、肛門括約筋なんかをこうも必死に動かす練習をしなくてはならないのか甚《はなは》だ疑問だし、そう簡単にできるかと逆ギレしたい。

実際、だったらおまえもそこを鍛えてみろと反論したら、適材適所と笑って躱《かわ》された。

「ずるい、ぞ」

「そなたのほうが抱かれる素地があるゆえ、上達も早かろう」

「詭《き》、弁《べん》……ん、んっあ、あっ」

「ほら、このとおり」

たしかに、偉大なる平安濡事師《ぬれごとし》からエロ師匠の看板を秀輔が襲名するのは無理があった。恐ろしく荷が勝ちすぎる。それを嫌というほど思い知らされる勢いで突かれまくり、不本意な後孔開閉レッスンでも扱《しご》かれた。

「まあ、今日はこれくらいでよしとしよう」

「んふ…く」

「仕上げだ。受け取れ」

「っは、あっあ……光玲…っ」

「秀輔」

ひときわ深く捩《ね》じこまれた楔《くさび》が奥を抉《えぐ》るやいなや、体内に熱いものが溢《あふ》れ返る。

満足げな息を漏らす光玲と眼差しも合い、彼が精を放ったのだと悟った。緩やかに腰を送りこみつつ、肩に担いだ秀輔の膝に愛《いと》おしげにくちづけられる。

艶《つや》めいた目つきと、多少汗ばんだ額にほつれかかる黒髪も凄艶《せいえん》な彼に胸が騒いだ。

「っあ……ぅ?」

意図せず蠢《うごめ》いた粘膜に、自分でもぎょっとした。まだ内部にいる光玲にも当然伝わったらしく、端整な口元がほころぶ。

「名残惜しいようだな」

「いや。これは…って、なに!?」

左脚が彼の肩から下ろされて羞恥領域視姦《しかん》より解放されたのも束《つか》の間《ま》、側臥《そくが》の姿勢にさせられた。体重をかけられていた右脚も自由を得たが、繋がったまま両脚を閉じられて片側へ倒された上、中の楔がさほど芯《しん》を失っておらず、早くも硬度を取り戻しつつあってうろたえる。

素股以上に恥ずかしい体勢と相俟《あいま》り、穿《うが》たれる角度も変わって秀輔が唸《うな》った。

身じろごうにも、覆い被《かぶ》さっている光玲が絶妙に抵抗を封じていて徒労に終わる。それどころか、かろうじて纏っていた衣服もすべて脱がされて全裸にされ、胸や性器や素肌をまさぐられて冷めやらぬ性感を揺さぶられる。

早速、緩やかに腰を回されて、さらに焦った。

「光玲、やめ…っ」

「私を煽ったのはそなただ。それに、私が欲しくはないか？」

「な……」

「私はもう、そなたなしではいられぬ。いっそ、そなたを喰《く》らい、この身に取りこんでひとつに溶けて交わってしまいたいほどに愛おしいが、それではそなたにこうして触れる楽しみもなくなってしまう。なんとも歯痒《はがゆ》いがゆえに、際限なくそなたが欲しくなる。いつでも、私だけの秀輔だとたしかめていたいのだ」

「んっ…ぁ」

相変わらずの暑苦しい愛情表現なものの、共白髪まで添い遂げる相手は秀輔のみと執着されて満更でもない。光玲の縁談を知った現状では特にだ。

狂おしく求められてうれしく、含羞《がんしゅう》をこらえながらも答えた。

「……し、い…」

「うん？」

「俺、も……おまえが、欲し…い」

「………」

滅多になく素直に告げた途端、黒い双眸が眇《すが》められた。同時に、突然猛々《たけだけ》しい抽挿が始まって嬌声をこぼす。あまりの激しさに、さきほど注ぎこまれた体液が淫猥《いんわい》な水音を立て、腿裏を伝い落ちる感触も慚色《ざんしょく》を煽った。

「あ、あっ……んん……ちょ、待…っ」

そうでなくとも、休憩なしの立てつづけの情交である。ぜひ緩めのコースでしっとり営んでくれとの注文は、肉食系狩人の貪欲《どんよく》な腰振りで一蹴《いっしゅう》された。

優雅に蹴鞠《けまり》といった風情の平安貴族のくせに、いざ獲物を見つけたら、抜群の破壊力とコントロールで鞠を頭部に蹴りつけて昏倒《こんとう》させて捕獲しそうな侮れなさだ。捕まったが最後、骨の髄までしゃぶられ尽くす。

「うぅ、あ…っん、く……あ、あ、あ……光玲…っ」

「ああ」

しがみつくものがなにもなく、思わず縋《すが》るような眼差しを光玲に送った。視線が絡んだ一瞬で真意を汲《く》んでくれた彼が軽くうなずいて、閉じあわせていた秀輔の脚を開く。

なんとも恥ずかしいが、正面から上体を倒してきた恋人の首筋に両腕を伸ばして巻きつけた。光玲も背中を力強く抱きしめてくれる。

「これでよいか」

「ん」

「…また、そうやって愛らしく私を誘う」

「っふ、んんっ?」

小さく笑んで首肯したら、唇を塞がれた。誰も誘惑などしていないと言い返す隙《すき》もなく、そのまま腰を打ちつけられて喚《わめ》きかけた声は吸いとられ、以後たっぷりと泣かされた。

幾度、制止を訴えても聞き流され、昼頃から夕飯の時間までほぼノンストップで抱かれつづけた。途中、光玲への用事があってやってきた悠木が控えめに窘めたのもスルーで、後半はほとんど意識が朦朧《もうろう》としていた。

秀輔が正気づいたときは、悠木に夜着を着せられている最中だった。

「……悠、木？」

「はい。お気づきになりましたね。ご気分はいかがですか？」

「……俺…!?」

全身が気だるく、頭もぼんやりする秀輔を気の毒そうに見つめて、悠木が困ったふうな苦笑まじりで口を開く。

「光玲さまに長々とご無体をなされて、少々お眠りになっておいででした。二日つづけてでは、さぞお疲れになったでしょう」

「あ」

思考がゆっくりと働き出し、状況を思い出した。

さっぱりした肌から察するに、いつもどおり悠木が清めてくれたのだろう。光玲の残滓《ざんし》が体内にある感覚もなく、後始末も完了ずみとわかって頬《ほお》が熱くなる。

「面倒かけて、ごめん。あの…ありがとう」

「もったいないお言葉です。ところで、お加減はよろしいでしょうか。お食事は召しあがれそうですか？　もし大丈夫なようでしたら、すぐにご用意して参りますが」

「じゃあ、少し食べようかな」

「畏《かしこ》まりました」

「では、私の分と一緒にここへ運んでくれ」

「光玲」

自室に戻っていたのか、違う直衣に着替えた光玲が格子戸を開けて入ってきながら言った。

秀輔の身づくろいを終えた悠木が恭しく頭《こうべ》を垂れ、静かに室内から出ていく。ゆったりと歩み寄ってきて腰を下ろした彼が嘆息した。

「悠木の小言はしつこくてかなわぬ」

自分が気絶している間、どうやら悠木からこってりと絞られたようだ。主従関係があるにせよ、強固な信頼を乳兄弟に寄せる光玲には、お目付け役の訓戒はこたえるのだろう。

普段が温順な人柄だけに、悠木は怒らせると意外に怖いのかもしれない。

「止められたのに、おまえがやめなかったからだろ」

叫びすぎてかすれぎみの声で自業自得と詰《なじ》ると、片手を取られて指を絡められた。

身体にかけられている浅緑色の衣は、伽羅《きゃら》の香りで光玲のものとわかる。このせいで、寝ているときも彼がそばにいる錯覚を覚えたらしいと思って、なんとなく恥ずかしくなった。

動揺を表に出すまいと内心で踏ん張る秀輔へ、甘い声音が囁く。

「手心を加えねばならぬとわかっているのだが、そなたが相手だと我ながら抑えが効かぬ。すまなかったな」

「…いつものことだし、別にいいけど」

「のどを痛めたか」

先手を打って謝られては、むくれてもいられない。ひとえに愛情ゆえの暴走と認められるのも、絆《ほだ》されてしまう所以《ゆえん》だ。だいいち、本気で嫌がらなかった自分も悪い。光玲の縁談で生まれた懸念を払拭《ふっしょく》したくて、彼の腕に溺《おぼ》れた。

しかし、その本心は押し隠して、秀輔は平常に振る舞う。

「平気だって」

「そうか?」

「うん。でも、最低五日は閨事《ねやごと》禁止。のどより、身体がきついし」

「……せめて三日にせぬか」

「ちょっとは禁欲しろよ。この常エロ魔!」

「とこえろ…?」

常夏ばりに、年中発情するなと苦言を呈す。情欲発動相手は秀輔限定との堂々たる厚かましい反論は却下した。それで無駄なフェロモンを撒《ま》き散らし、秀輔以外の人々もよろめかせているとなればなおさらだ。

時限的なストイック令を発令するも、難色を示される。間を取って四日はどうだと、真顔で食い下がってきたエロジャンキーへ厳かに告げた。

「七日に延ばされたいか」

「…よかろう。五日だな」

さらなる延長を提示して目を据わらせたら、肩をすくめて光玲が諾の返事を寄こした。ただし、キスと抱擁は除外と条件をつけてくる。

そこは譲れないと主張されて、呆《あき》れつつも譲歩してやった。

「ほんと、おまえって人肌好きだよな」

「いいや。私はそなたが好きなだけだ」

「う……あ、そう…」

照れる素振りもなくさらりと述べる平安恋愛熟練工は、本当に強心臓だ。握っていた秀輔の手を口元に引き寄せて、指先にキスする仕種も気障《きざ》で頬が引き攣る。

悠木が用意した夕餉《ゆうげ》を食べさせようかと満面の笑みで提案されたが、即座に断った。

通常と変わらない光玲の態度に安堵しながらも、この日以降、秀輔はもの思いに耽る機会が格段に増えた。

いったん胸に巣くった不安は、簡単には消えてくれない。

彼の情愛を疑うわけでは決してないけれど、こちらの世での己の存在意義が揺らいでしまったいま、これまで同様に甘えていいのか迷う。

表面上はなんとか取りつくろっているため、実は精神的に不安定になっていることは周囲にはばれていないはずだ。

以前、光玲には現代への帰還問題ですごく心配をかけたし、今回は彼自身が当事者でもあるので相談しにくい。これぱかりは、この時代に生きるどの友人に話しても、秀輔が望む解決策はおそらく得られまい。

ひさしぶりに郷愁にも駆られて、己の今後と在り方を憂えた。

誰よりも光玲の近くにいるのに遠く感じて、気の持ちようとわかっていても心が張り詰めていく。彼と楽しく笑いあったり、優しくも情熱的に抱かれたりしても、憂慮がつきまとうといった具合に乖離《かいり》していく心情をどうにもできずに持て余した。

なるようになれと図太く開き直りたいが、恋情が絡むとドライになれない。これほど誰かを好きになった経験がないので、感情の起伏も激しい。

まさか、自分が恋水に暮れる日が来るなんて思いもしなかった。しかも、男が相手なだけにうら悲《がな》しすぎて、遠くを見る目つきもしょぼつきそうだ。

こんなことを帝や東宮に知られたら、悪いものでも拾い食いしたのかと言われて大笑いされるのがおちである。なにより、おもしろがって即行で光玲に報告しかねないので、殊に彼らへは隠しとおさなければならなかった。

周りに苦悩を悟られないよう慎重に過ごす日々の中、秀輔は仕事の休憩中に外の空気を吸おうと、逸哉に一言断ってから陰陽寮を出た。

伸びをして深呼吸し、大きな溜《た》め息をつく。

最近は、光玲といてもどこか気を張っていた。かといって、姿が見えないと『もしや七条の姫のもとに?』と落ち着かなくなる。折をみて断るという彼の言葉を信じているものの、あれ以来、詳細は怖くて聞けずにいる。

誰かと文をやりとりしているのは承知だ。件《くだん》の姫君かもしれないし、違う女人の可能性も捨てきれない。

当然、いい気はしないが、我が身に置き換えると返事をするなとも言いづらい。ましてや、検閲などもってのほかだ。

いわば、メル友全員を切れと言うようなものだ。あるいは、携帯メールの盗み見である。

いくら恋人とはいえ、相手の交友関係に口を挟む横暴な要求は躊躇《ためら》われた。秀輔とて女友達はいたので、なんの疾《やま》しいこともなく疑われたり、つきあい自体をやめさせられるのも論外だった。

だいたい、宮中でいま一番ときめき中と言っても過言ではないお買い得人物の光玲だ。異性に限らず、お近づきになりたい人々は数多《あまた》いる。

家柄と人柄と政治的立場に見栄えのよさも加わって、その正妻の座を狙《ねら》う女性も増える一方だろう。そんな彼に手紙や交際を禁止したら、かえって面倒ごとが起きかねなくて恐ろしい。そこまでの権利も自分にはないと弁《わきま》えている。

難儀な伴侶を選んだと悔やむも、いまさら仕方なかった。

ふと、立ちどまった秀輔が空を見あげて双眸を細める。

いつの間にか暑さは盛りを過ぎ、陽射しもひと頃よりやわらかくなっている。暦の上ではすでに秋で、朝晩はひんやりとした気候になっていて虫の音も耳に心地いい。

「あっちでは、まだ残暑なんだろうな」

ぼんやりと呟いて、半年前までいた本来の世界へ思いを馳《は》せる。

澄んだ青空と木立の色鮮やかな緑も視界に入れつつ、秀輔の脳裏にはヒートアイランド現象で陽炎《かげろう》がアスファルトに立ちのぼる、コンクリートジャングルが浮かんでいた。街なかの雑踏さえ鮮明に蘇《よみがえ》る。

猛暑だの熱帯夜だのゲリラ雷雨だのが当たり前の現代が懐かしかった。

そして、両親や兄姉、友人らはどうしているかと思いつく。日頃は抑えこんでいる懐郷が、どっと溢れてくる反面、自分のことなどもう忘れ去られてしまっただろうかと胸が痛んだ。

「ていうか、俺は失踪《しっそう》届とか出されてるのか?」

泰仁の戸籍はなどと、やけに現実的な事柄に意識を向けたのは、込みあげてきた熱いものを冷ますためだ。

湿っぽくなりがちな己を叱咤《しった》し、のどの奥が痛むのをこらえ、俯いて瞬《まばた》きを早める。

しばらくそうしていたあと、陰陽寮に戻ろうと踵《きびす》を返して歩き出した瞬間、誰かとぶつかった。

「わ！」

「おっと」

明らかに前方不注意だった秀輔が、我に返る。

勢いあまって背後に倒れかけた身体を支えられた。間近にいる分、そこはかとなく漂う香で見知らぬ人だと察知し、慌てて謝る。

「申し訳ありません。大変失礼いたしました」

「いいえ。あなたのほうこそ、お怪我《けが》はありませんか？」

「え⁉」

「かなりの勢いでしたので」

「あ……はい。あの、わたしは大丈夫です」

「それはよろしゅうございました。わたしもなんともありませんから、お気遣いは無用ですよ」

「そう、ですか…」

ぶつかってきた相手の身を案じるおっとりさに驚いて顔を上げると、ほんわかした印象の優しげな青年がいた。

光玲より多少上背は低いが秀輔よりは高い彼は、大変な美青年でもあった。光玲とはタイプが異なるが、性別を問わず騒がれるに違いない美形ぶりだ。

高雅な雰囲気で体格もよく、微笑みひとつでこちらを包みこんでしまう穏和な印象を持っている。一瞬、彼の笑顔に引きこまれかけたものの、つい先頃の誘拐事件を思い起こした。

ここでまたうっかりな行動を取って、同じ轍《てつ》を踏んでは元も子もない。大内裏だからと油断は禁物と学習したばかりなのだ。

知らない者は警戒しなくてはと、青年からそっと身を離す。気を引きしめながら若干距離を置きかけた秀輔の目元に、彼が指先でやんわりと触れる素振りをした。

「やはり、どこか痛めたのではありませんか」

「え」

「睫毛《まつげ》が濡れています」

「いえ。これは…」

「本当に大丈夫ですか?」

「……っ」

本心からの配慮となんとなくわかって戸惑《とまど》ったところへ、なおも双眸を覗きこまれ、我慢しなくていいのだと眼差しで促されている気がした。

青年が物理的な傷害について心配していると承知なれど、密かに抱えた心理的な痛手を不意に突かれた心境で息を呑《の》む。その瞬刻、やり過ごしたはずの涙が己の意思と無関係に片側の頬をこ

ぼれ落ちてしまった。

「！」

想定外の身体的反応に自分でも狼狽し、反射的に顔を伏せる。大慌てで水滴を拭《ぬぐ》い、さらに一歩後ずさって腹に力を入れて呟いた。

「…重ね重ね、失礼いたしました。お心遣いは感謝しますが、ご心配には及びませんので」

再度謝罪してその場を立ち去るべく、青年の横を通ろうとした秀輔を彼の腕が遮った。

警戒心もあらわに見遣《みや》った先で、痛ましげな眼差しと目が合う。やはり悪い人には見えなかった。むしろ、いままで会った誰よりも人がよさそうだ。

これで悪人だったらたいした役者だと思っていると、青年が苦笑した。

「わずかな風にも耐えられぬ可憐《かれん》な花のような風情の方を、とても放ってはおけますまい。さ。こちらへ」

「え、と……あの？」

「ご遠慮なさいますな。歩けますか？　わたしの手を取ってくださってもかまいませんよ」

「は!?」

唐突な話の展開に唖然《あぜん》としている間に、彼に手を引かれて陰陽寮から一番近い待賢門《たいけん》付近の人目につかない場所へ連れてこられてしまった。

見知らぬ人にのこのこついていくエピソード２開幕にハッとなる。青年の和みオーラに気をとられた懲りない自分を蹴りつけて説教する以前に、彼もよからぬ輩《やから》だったかと身構えた瞬間、不意に背を向けた彼が顔だけ振り返っておおらかに言った。

「泣きたいときは、無理にこらえずともよいのです」

「な……」

「事情は存じませぬが、わたしが几帳《きちょう》がわりにあなたを隠して差しあげますゆえ、思うさまどうぞ。わたしのことは気になさらないでいただけると助かります」

「はい?」

「おすみになりましたら、お声をかけてください」

「……はあ」

にっこりと微笑んで前方へ向き直った青年に、秀輔はしばし呆気《あっけ》にとられた。

思ったとおり親切な人だったのはいいが、申し出があまりに突飛すぎて頭がついていかない。なにしろ、胸ではなく背中を貸して人の目に触れないよう楯《たて》になってくれるという風変わりな優しさだ。

あまりに突拍子がなさすぎたせいか、張り詰めていた気が涙腺《るいせん》ともども緩む。

初対面の相手の前なのにと歯を食いしばるも、一度決壊した感情は抑えが効かず、青年の温かな雰囲気にもつられてあきらめた。

当惑しつつも厚意に甘え、広い背中の陰で鼻をすする。

まもなく落ち着いた秀輔が、ばつが悪そうにおずおずと声をかけた。

「…すみません。もう大丈夫です」

「ああ」

おもむろに振り返った青年が、秀輔の目が少し赤くなっていると沈痛な面持ちになった。すぐに直ると笑って丁重に礼を述べ、そうだと思いいたって名前を訊ねる。あとで、きちんと礼状も出しておくには必須《ひっす》事項だ。

「お名前を伺ってもよろしいでしょうか」

「はい。わたしは右大臣、萩原経房《つねふさ》が子、萩原惟頼《これより》と申します」

「うわ。なんか超既視感《デジャビュ》…」

「え?」

「……いいえ。なんでもありません」

タイムスリップ直後の光玲とのやりとりを彷彿《ほうふつ》とさせる自己紹介に、思わず素で漏らしてしまった独り言を笑顔でごまかす。

それにしても、これまた光玲に匹敵するエリート貴族の御曹司だ。大内裏をほっつき歩いていて偶然出会ったあげく、ぶつかるような身分の人ではない。訊けば、惟頼は陰陽寮が属す中務省に勤務しており、出仕の際にたまに秀輔を見かけることもあったとか。

隣りあった役所なので然《さ》もありなん。今日は、ちょうど勤めを終えて車寄せへ向かおうと出てきたところに秀輔とぶつかったそうだ。

なるほどと納得したあと、遅ればせながら自分も名乗らねばと気づいた。

「申し遅れました。わたしは…」

「存じあげております。麗しの月華の君」

「うる……」

艶然と笑んだ惟頼が口にした不本意な異名に眩暈《めまい》がした。

とうとう面と向かって言われる日が来たと盛大に嘆きたくなる。許されるものなら、そのふざけた渾名《あだな》で呼んだ者の頭を冠が取れる勢いで悉くハリセンがわりに檜扇《ひおうぎ》で殴ってつっこみを入れたかった。

「まことの御名は、三浦秀輔さまでございましたか」

「……ええ。まあ」

しかも、彼の言動から漏れなく自分を御子と勘違い中とわかってブルーになった。

懺悔《ざんげ》して否定したがる己をなんとか押しとどめ、曖昧にうなずく。ただ、これだけはと直ちに注文をつけた。

「できれば、『さま』をつけるのも、異名で呼ぶのもやめてください」

「しかし…」

「お願いいたします」

本当は似非《えせ》皇子、かつ元は無位無官の現代人なのでと胸裏で呟く。困ったような表情をされたが、最終的には聞き入れられた。それこそ、皇子の命と受けとられたのかもしれなくて複雑な心情でいる秀輔に、惟頼が微笑みかける。

「では、三浦殿。突如、環境が変わってなにかと大変かもしれませぬが、おひとりであまり深く考えこまずに気楽に過ごすことをお勧めいたします」

「え!?」

なぜに秀輔の身上を承知なのかとぎくりとしたものの、すぐに例の偽事情のほうだと勘づいて胸を撫で下ろす。

帝に呼ばれて都にやってきた秀輔が京での生活に馴染めず、泣きたくなるほど心細い思いでいると勘違いされているのだ。真実は微妙に違うけれど、惟頼の気遣いはうれしかった。そこに変な媚《こび》や下心が感じられないのも好ましい。

「あなたの花の顔《かんばせ》が涙で曇るのは、見ていてせつのうございます。まるで、そう。長雨がつづいたのちにようやく晴れた夜半の空に待ちわびていた幽艶な月を愛《め》でてほどなく、雲に隠れてしまうような寂しさです」

「……今度はポエマー貴族か」

「はい？」

「いいえ。あの……わたしには過分な喩《たと》えかと…」

「なにを仰せになります。月読《つくよみ》の精と紛《まが》うほどのお美しさですのに」

「……っ」

仮想御子の次は、人外生物の精霊扱いなのかと透明な笑みが浮かんだ。

好感度も美形度もかなり高いが、どうやら詩人貴公子に行きあたってしまったらしい。

光玲も相当な気障台詞をさくっと言うほうなれど、あくまでストレートだ。対して、惟頼は叙情的な言い回しなだけに、言われた側は別の気恥ずかしさがあった。とはいえ、背中辺りがこそばゆいといった以外に実害はない。

制止しようかどうか迷う間も、容貌《ようぼう》を讃美されつつ身の上も案じられて参った。

他の貴族同様、秀輔に好奇心はあるにせよ、内情に探りを入れようとしたり、取り入ろうとする不躾《ぶしつけ》さも皆無だ。

上辺のみの親切心でなく、篤心溢れる言葉をかけてくれるから憎めなかった。いくぶん変わり種だが、友人としてつきあうには嫌いなタイプでもない。だから、これもなにかの縁《えにし》だし、もしよければ話し相手のひとりに加えてほしいと控えめに言い添えられて断らなかった。

以後、惟頼とは顔を合わせると話すようになった。そのつど、彼が善意の塊なのが確信できてさらに仲良くなっていった。

しかし、初めて会った際に涙をこぼしたのがまずかったらしく、完全に性格を誤解された。

惟頼の中で、秀輔は儚《はかな》い庇護《ひご》対象と認識されていて頭が痛い。元々の紳士な性格もあってか、会うたび姫君に対するような丁重さを発揮される。

最初こそ珍妙な人だと笑っていられたけれど、人前だろうが対姫モードの姿勢を貫く彼に弱り果てた。

本日も、仕事を終えた秀輔が陰陽寮を出て鉢合わせた途端、所用の途中というにもかかわらず車寄せまでエスコートを申し出られる。

こめかみを閉じた扇の先端で軽く押さえて、吐息まじりに呟いた。

「惟頼さん、勤めをなさってください」

「急ぎではありませんから、かまいませんよ。警護の方がおいでなのは承知なのですが、秀輔殿を放っておくのはわたしが気がかりなんです。無理を申してすみません」

互いに下の名前で呼びあう程度に打ちとけ、秀輔も言葉遣いはともかく地を出しているものの、初対面の印象は拭えない。参ったなと思いながらも、毎度の主張を繰り返した。

「何度も言ってますけど、わたしは元来はがさつな性質です。か弱い女人でもありませんので、大雑把に接してくださってけっこうです」

「無理ですよ」

「む……」

今回もあっさり拒まれてがっくりくる。温雅なわりに頑固な惟頼は、秀輔のイメージ修正を幾度試みても頑《かたく》なに拒む。初対面時の涙がよほど強烈だったのか、繊細と思いこまれてしまってほとほと困った。

「それに、秀輔殿。わたしの前では強がらずともよいのです」

「ですから、あのときは…」

「なにもおっしゃいますな。わかっておりますとも」

「……っ」

静かにと、秀輔の口元寸前で人差し指を止めたポエット公達《きんだち》が、微笑んで緩くかぶりを振る。

絶対わかっていないと言い返せないのが、実にもどかしかった。普段の口調に戻って本性さながらに喚き散らせたらどんなにすっきりするだろう。手っ取り早く誤解もとけるだろうが、光玲の手前できなくて歯痒い。

かといって、この誤想と少々ずれた感のある詩的発言を除けば、惟頼はお人好しと断じていいくらいの好人物ゆえに敬遠できない。いまでは、もうすっかり澄慶とは別種の愛すべき友人という括《くく》りだ。

同じ理由で、あまりきつい態度にも出られなかった。

「朝露のごとく煌《きら》めいていたあなたの涙のわけも、それを心ならずもわたしに見られて、羽衣を盗まれた天女のように悔やんでおいでなのも承知なのです。もちろん、あなたが笑顔でいらっしゃるのがなによりとは申せ、もし万が一、再び袂《たもと》を絞る際には微力ながらお力になれればとも思っております」

「……左様ですか」

即興比喩《ひゆ》の羅列に半ば諦観《ていかん》ぎみにうなずく秀輔と、隣を歩く惟頼から数メートル離れて、迎えにきた季忠が見守りながらついてくる。幸い、惟頼も自分も声が大きくはないので、ぎりぎり会話が聞こえない距離で助かった。

光玲に知られては困る内容ゆえに、さりげなく話題を変える。

仕事や嗜《たしな》みについてなど、彼の話もとてもおもしろい。盆に石や砂を配して浜辺の形に模《かたど》った台に、四季折々の趣向を凝らした景色を表現する州浜づくりは、光玲と趣味が重なっていないせいか耳にするたび興味深かった。あと、松虫や猫も飼っているらしい。

今日は猫と近々遊ばせてもらう約束を交わして満悦だ。

数分後、車寄せに着くと、惟頼は丁寧な辞去の挨拶《あいさつ》をして微笑んだ。

「では、秀輔殿。ご機嫌よう」

「はい。また」

秀輔のそばに控えた季忠へも笑顔で会釈し、優雅な足取りでいま来た道を帰っていく。

礼を返した季忠や光玲とも顔見知りとかで、その点からしても安心要員と言えた。惟頼とのつきあいは光玲にも一応、報告しているが、失礼のないようにと微笑されただけだ。

新しい友人の背中を見送ってほどなく、光玲が内裏の方向からやってきた。和んでいた心が瞬時にこわばり、そんな己を懸命に秘する。

「待たせたか？」

「いや。俺もいま来たとこだし」

「そうか」

優しい眼差しを向けられて、意識的に頬を緩めた。ぎこちなくなる想いとは裏腹に、彼でないと得られない安堵感も痛感して胸が疼《うず》く。

光玲はなにも悪くなかった。単に、自分の往生際が悪くて柄にもなくくよくよと悩んでいるに過ぎない。この期に及んで、権門の嫡男たる務めを果たせと潔くきっぱり告げられない己が忌々しかった。

「秀輔？」

どうしたと顔を寄せてきた光玲に、なんでもないとかぶりを振る。

自分の存在価値を問いつづける秀輔は、明確な答えをまだ見つけられずにいた。


腕の中で健やかな寝息を立てる恋人を、光玲は燈台《とうだい》の下でまんじりと眺めた。

意思の強さが窺《うかが》えるきれいな双眸が閉ざされた寝顔は、嬋妍《せんけん》でいて無邪気に映る。先刻まで快楽に溺れていた淫らさは欠片《かけら》もなく、清らかな佇《たたず》まいだ。

閨事の名残があるとすれば、夜着の袷《あわせ》から垣間見《かいまみ》える首元の吸い痕くらいか。無論、その下の素肌には無数の花を散らしている。

今宵《こよい》も、秀輔の抑制懇願を宥めて泣き濡れるまで情を注いだ。

当初はじゃれあいのみですませるはずが、彼に新しくできた友人の話を持ち出されて気が変わり、執拗に求めてしまった。

発端は、たわいない睦言《むつごと》を囁いた光玲に秀輔がなにげなく言った台詞だ。

「そなたの愛らしさに敵《かな》う者は、この世にいまいな」

「痘痕《あばた》も靨《えくぼ》っぷりが凄《すさ》まじすぎるだろ」

「真実を述べたにすぎぬ」

「あのな。赤ん坊とか動物の子供とか、俺なんかより可愛《かわい》いものは世の中にたくさんいるから。そもそも、いい年した男にその形容も微妙だし」

「ならば美しさにしよう」

「なお悪いわ。というか、やっぱりおまえは直截《ちょくさい》だよな。惟頼さんは毎回、俺のことを気恥ずかしい比喩まじりに言うからさ」

「…ほう」

「まあ、あの人らしくておもしろいんだけど」

「……そうか」

「でもなあ。惟頼さんが紳士的なのはわかるにしても、俺をいちいち姫扱いするのはちょっと困るかな。何回注意しても聞いてくれないし。この前も…」

言葉のわりにはさして嫌そうでもなく彼との親密さを楽しげに語られて、内心で低く唸った。

耐えきれずに秀輔の吐息を奪って途中で遮り、情事に持ちこむ。

「おい。今日はしないんじゃなかったか！」

「さて、そうだったか」

唇を振りほどいて詰られたが、一度ついた嫉妬《しっと》の炎は容易《たやす》く消せない。軽々と延焼し、全身が悋気《りんき》の火の玉と化す。

抵抗されていっそう妬心が煽られ、力任せに彼の夜着をはだけさせた。

「ちょ……光玲、やめ…っ」

「無理はさせぬ」

「いつもそう言って無茶するのは誰だよ！」

「私だな」

「開き直るな…って、う……あっあ…ん」

秀輔が最も弱い耳裏に吸いつき、抗いを封じてさらなる快感の渦へ引き摺りこんで己の熱をこれでもかと分ける。

おとなげない自覚はあったものの、止められなかった。

件の友人が右大臣の嫡男の萩原惟頼とあっては、なおさらあらゆる意味で心乱れる。

出会いは偶然らしかった。経緯を聞く限り、仕組まれた不自然さもないにせよ、よもや、また背後で右大臣が暗躍しているのではとの嫌疑は拭えない。あの誘拐事件からまださほど経っていないので、秀輔を絡めた謀略に神経を尖らせている。

ここひと月あまり、経房公を含めた右大臣一派が妙におとなしいのも不気味だ。あれだけ光玲に突っかかっていたのが鳴りをひそめて、顔を合わせてもにこやかに話しかけてくるのがかえって怪しかった。

その経房公と惟頼が親子ゆえに一心同体かどうかは、判断が難しい。噂《うわさ》によると、政に対する姿勢や考え方の相違でよく衝突するという。

威圧的で癇《かん》が強い経房公に反し、穏やかで思慮深い性質を備える惟頼である。

それゆえか、左大臣派でも右大臣派でもない中間派の貴族たちも、経房公とは距離を置くが惟頼には好意的だ。

彼がその気になれば、そういった人脈を活かされかねず、侮れないとも思う。

従って、全面的に信頼はできなかった。表面上は親子関係が拗《こじ》れていると見せかけておいて、実はうまくいっているかもしれない。

ただし、惟頼自身は父親と違って裏表のない好漢と承知な上、光玲も一目置いている男だ。年齢も惟頼が一歳下と近いためか、よく引きあいに出される。

文武両道で見目も麗しい惟頼は物腰が極めてやわらかく、清雅で温厚な人柄ゆえに宮中での人気も高い。光玲にも礼を尽くして接する。

かつての自分ほどの浮名は流していないものの、光玲が狙っていた相手へ先に通われた過去が数度あり、好みが似通っているようだと推察した。たしか、すでに北の方と側室を迎えていて子もいるようだが、ほかに慕う相手をつくる障害にはなりえまい。

そんな男と知っている分、秀輔が気移りしまいかと心配になる。彼は単なる友人と認識していても、惟頼のほうは恋慕の情があるかもしれない。

惟頼のみならず、光玲の予想どおり秀輔に想いを寄せる者はあとを絶たなかった。

現時点では、本人に直接働きかける輩は出ていないが、三条邸には彼宛ての文が日に何通も届いている。

悠木に指示して取り次がせず、文も光玲のところで握りつぶしている事実は秀輔には内密だ。皇子と思われている彼が返事をしなくても、たいした問題にはなるまいと踏んでの確信犯であり、狭量と咎《とが》められようがかまわない。そこへきての惟頼との接近は、裏で処理した文主である恋敵たちの怨念《おんねん》か。

親しげな様子を話されるたび、疑い出したらきりがなくて密かに日々気を揉《も》んでいる。

右大臣家との対立が激化しつつある状況も鑑《かんが》み、事前に危険を排除するためにも、自らの気分的にも本音では交際をやめさせたい。しかし、それには現状を説明しなくてはならなくなる。惟頼個人がなにかを企《たくら》む気質ではないのも、迷いを深める要因だ。

秀輔が交友関係を広げるのを、己の幼稚な情動で阻むのは憚《はばか》られた。こちらの世に馴染もうと頑張っているのを知るだけに、いちだんとだ。

恋心さえ介在しないなら、惟頼が友人には最適の人物なのも躊躇いに拍車をかける。

以前、度量が広いと秀輔に高い評価も得ていては、なおさら踏ん切りがつかずにいた。

「あ、っあ…ん……光、玲っ」

「秀輔」

「も……や、だ…ぁ」

「いま少しつきあえ」

「って…どれ、くらい……だよ」

「私が安堵するまでだ」

「は？　なに……言っ…んああっ」

疑問を浮かべた色の薄い瞳《ひとみ》を舐めたい欲求はなんとか抑え、情熱をぶつけつづける。

結局、二度目を終えたところで秀輔が意識を失い、光玲の嫉妬心も冷め始めた。悠木の手を借りて後始末をしながらも、思考は途切れなかった。

悠木が下がり、着替えさせた秀輔と並んで褥に横になったあと、あらためて嘆息する。

経房公の次なる策略も、惟頼と秀輔の交際も気になるが、もうひとつ気がかりがあった。光玲の縁談が発覚して以来、彼の態度が心なしかおかしいのだ。

よそよそしいとまではいかないけれど、どこか一線を引いた感じで、あまり目を合わせてくれなくなった。不意に交わるとさりげなく逸《そ》らされるのに、見ていないと視線が自分を追っているとわかる。

望郷の念で憂えていた以前とは、いささか違った。

感情を吐露せず、逆に抑えこんで無理に微笑む秀輔がじれったい。真意を聞き出そうにも、こちらに気づかれていないと思っているふしの彼へ強引に迫れば、意固地になって口を噤《つぐ》むのが想像できた。もしくは、なんのことだと笑顔で躱されそうだ。

おそらく、自分が思う以上にあの縁談は秀輔には悲傷だったのだろう。光玲にとっては当然の一夫多妻制に、激しい違和感を滲《にじ》ませていた。

正直、その感覚は理解しかねるにせよ、秀輔を悲しませることはしたくない。また、彼以上に愛せる相手は今後も現れないと確信できるし、彼ひとりを愛しぬくという決意も本物だ。誓いは必ず守る。

結婚もしないつもりなれど、本気と受けとめられていないようだ。光玲の言葉を信じないのではなくて、こちらの世の常識と周囲が許すまいと捉《とら》えているらしい。

そう懸念しなくても平気だと繰り返したが、不安の払拭にはいたっていない。それなら、秀輔の気がすむまでずっとそばにいて、何度でも真心を告げるのみだ。行動でも誠意を示しつづける。

最悪、命果てる間際にようやく安心できたと思ってくれていい。あらゆる神仏と取引しても、彼よりわずかでも長生きして見守ってみせる。

美しい寝顔を飽きずにしばし見つめて、小声で呟いた。

「そなたさえいれば、私はほかになにも欲しくはない」

「ん……」

生涯を捧げられる相手に巡り会えたのだからと額にそっと唇を押し当てたら、秀輔が小さく呻いて身じろいだ。そして、薄く瞼《まぶた》を開いた寝惚《ねぼ》け眼《まなこ》で光玲を見遣り、少し間を置いてからかすれた声を出す。

「……あれ。もう起きる時間？」

「いや。まだゆっくり寝ていてかまわぬ」

「そっか。おやすみ」

「ああ」

半分眠ったままの彼は、無防備でひどく可愛らしい。状況を把握しておらず、正気でもないためか、最近のぎくしゃくした気配も無体な情交への怒りもなかった。

居心地のいい体勢を定めたのか、ほどなくして満足げな吐息が耳に届く。

「光玲」

「なんだ」

「どこにも…」

「なに？」

「俺を、置いて……頼むから……行く…な」

「……っ」

途切れがちながら、なんとも健気《けなげ》でせつない呟きを口にして秀輔が再度眠りに落ちた。

普段の彼なら絶対に言わない、無意識だからこその本音が愛おしく、細い身体を胸元に抱き寄せてやわらかな髪に顔を埋める。

「そなたこそ」

それはこちらの言い分だと、苦い笑みとともに光玲が囁いた。

腕の中にいる恋人を失うやもしれぬ危機感は、いまだに根強い。例の巻物が泰仁親王ともども消え失せて、入れ替わり時空間移動は完了したと清嗣が保証しても危惧《きぐ》は残った。

これで、この世に秀輔を確実に繋ぎとめておけるのか疑わしい。いつまたなにかの拍子に彼が忽然《こつぜん》といなくなりはしないか、心配でたまらなかった。自分で手に負える事柄なら対策も取れるが、神隠し相当のものとなるとお手あげだ。

そうでなくとも、現世《うつしよ》でさえ攫《さら》われる危険があって気が気ではない。先日の一件で味わった焦心と戦慄《せんりつ》は筆舌に尽くし難い。一時でも目を離したら、どこかへ行ってしまいかねないのは、むしろ秀輔だろう。

肉体が消失しない場合でも、彼が己の身上を話してもいいと慕える誰かをほかに見つけて、心変わりしないとも限らない。

冗談ぬきに、心ごと抱きしめた状態で四六時中監視できたらいいのにと嘆息し、光玲も静かに双眸を閉じた。


相変わらず清嗣の指導は厳しかったが、陰陽道の勉強自体には秀輔も関心を持ち始めていた。実践的な実習は成果なしながら、知識はそれなりに習得中だ。逸哉以外の同僚と話す機会も増えて、少しずつ平安社会にとけこんでいる手ごたえもあれど、己の存在意義への錯迷はまだ吹っきれていない。

「意外とうざいな、俺」

「秀輔殿?」

脳内思考をうっかり口に出した秀輔に、隣にいる惟頼が首をかしげた。

今朝《けさ》は、出仕直後に車寄せで彼とばったり出会った。向かう先が同方向なので、内裏へ行く逆方向の光玲とは分かれて並んで歩いている。

そういえば、光玲と惟頼のツートップ御曹司ショットは初めて見たなと思いつつ、言いつくろいをかねて答えた。

「いえ。惟頼さんは光玲、さんとも交友があるのですね」

一瞬、光玲を呼び捨てにしかけて、慌てて『さん』づけにする。

光玲はいつもの鷹揚《おうよう》さで、惟頼は親近感溢れる態度で互いへ接していた。

「はい。仲野殿には親しくさせていただいております。さまざまな才能に秀でておいでの上、公平で誠実なお人柄であり、御上の覚えも大変めでたくていらっしゃいますのに、それに驕《おご》らず、どなたとも気さくにお話しになる素晴らしい方です。わたしの憧《あこが》れで、尊敬する方でもあります」

概《おおむ》ね、秀輔と似た光玲観だ。手放しで恋人を褒められて満更でもないものの、光玲への憧憬《しょうけい》を隠さない惟頼に、脳裏で警戒警報がけたたましく鳴り響く。

ここにも伏兵が？　と背中からいきなり銃撃された心地で膝から崩れ落ちそうになったのをどうにかこらえた。やめておけばいいものを、閨における双方の役割分担を想像してダメージが深くなって呻きかけた秀輔へ彼がつづける。

「昨年わたしに初めての男子が生まれたときも、立派な贈りものと丁寧な祝辞をくださって感激しました」

「えっ。惟頼さん、結婚してたんですか!?」

「ええ」

当然だろうという顔でうなずかれて、然《しか》りと遅ればせながら思いいたった。この時代で惟頼の立場と身分で二十四歳なら、婚姻歴十年と言ってもおかしくない。

二十五歳にもなって独身の光玲が異例なのだと、あらためて身に沁《し》みた。家族がこぞって縁談をまとめたがるのも無理はあるまい。ちなみに、惟頼は正妻のほかに側室がふたりいて、子供は三人いるらしかった。

この時代における健全で明るい家族計画を地でいっていて、眩《まぶ》しいほどだ。

「それでは、秀輔殿。わたしはここで失礼いたします」

「あ、はい」

隣接する中務省前で惟頼と別れてすぐ、同僚と顔を合わせて挨拶を交わす。その後、陰陽寮の建物に入って仕事に勤《いそ》しむ間も、思考は堂々巡りで収拾がつかなかった。

惟頼のいわゆる『正しい平安上級貴族のあり方』を聞いて、光玲の役に立てないどころか未来を邪魔している自分にますます落ちこむ。いい加減、情夫上等と居直りたいが、倫理感との折りあいがまだつかない。

幾度か清嗣に叱《しか》り飛ばされつつもなんとか今日の仕事を終え、帰り仕度を整える。

光玲ときちんと話しあってみるかと考えていると、今朝方一番に会った同僚が同情まじりの表情で声をかけてきた。

「三浦殿も、なにかと大変でございますな」

「…なにがですか?」

しまった。周囲にわかるほどへこんでいたかと胸中で唸る秀輔に、彼が念のためといったふうに辺りを憚って声音を低くした。

「お隠しなさらずとも、近頃、左大臣さまと右大臣さまの対立が以前よりも激しくなっておいでなのは、大方の者が承知です」

「……っ」

その頭数から漏れていた初耳の秀輔が、小芝居でなく絶句した。それを、立場的に言及を避けたと判断したらしい彼は、いちだんと気遣うような素振りで実情を絡めた話をしてくれたあと、さらに配慮する。

「三浦殿の後見人でいらっしゃる仲野殿はともかく、萩原殿のお相手までなさっていては、間に挟まれてさぞや気疲れすることでしょう」

「いえ。わたしは…」

「僭越《せんえつ》ながら申しあげますが、もしお困りなら、御上に奏上なさいませ。あるいは、清嗣さまにご相談なさるのもよいかと存じます」

「……はい」

当初は半信半疑で聞いていたものの、こうまで言うからには噂レベルではなさそうだ。帝に縋れと促すあたり、事態はかなり深刻なのかもしれない。

陰陽寮の皆の気持ちを代弁したというアドバイスに謝意を表し、同僚に恵まれたとしみじみする傍ら、思いがけない事実に舌打ちしたくなった。

たぶん絶対、光玲は知っていて自分には黙っていたと確信が持てる。惟頼はどうだか判じかねるが、彼が光玲と秀輔に好意を抱いているのは嘘《うそ》ではないだろう。とはいえ、家同士の争いとなれば、そうも言っていられまい。

縁談と同じやり口に憤然となる。きっと、余計な心配をかけたくなかった優しさと推察できるけれど納得がいかない。

護《まも》られるだけの存在にはなりたくないと、あれだけ主張したにもかかわらずの過保護ぶりに焦慮に駆られた。

帰りの牛車内でも憮然とした面持ちを隠さず、三条邸に光玲と戻って着替えをすませた秀輔が早速話を切り出すと苦笑される。

「とうとう、そなたの耳にも届いたか」

「やっぱり本当なんだ」

「まあな。知られたのなら、再び申しておこう。そういうわけで、私の周囲は昨今なにかと策略がめぐらされているやもしれぬゆえ、そなたも心得て気をつけてくれ。見知らぬ者には決してついていかぬように」

「だから、行かないって言ってるだろ」

再度、幼子に言い聞かせる類《たぐい》の台詞を反復されて眉をひそめた瞬間、咄嗟に閃《ひらめ》いた。まさかと嫌な予感がしつつたしかめる。

「おい。俺が誘拐されたのって、もしかして…」

「ああ。確証は得られておらぬが、おそらくはあちら側の謀《はかりごと》だろう。巻きこんですまぬ」

「……っ」

しれっと認められて奥歯を噛みしめた。どうりで、あのとき秀輔が展開した帝周辺要注意論に歯切れが悪かったはずだ。

皇族ではなく、真相は臣下の権力争いだったのだ。たしかに、それのほうが得心がいくし、政敵同士による政治の実権を巡る鍔迫《つばぜ》りあいはいつの時代にもある。

左大臣と右大臣なら身分は同等ゆえに、なにかの拍子に地位が逆転することもありうる。それこそ、東宮の寵愛が光玲の姉の香子から右大臣の娘に移ったとすれば、次の御世で早くも政変という可能性すら秘めている。

別に、秀輔的には官位は気にならないが、仲野家にとっては重要な問題に違いない。できれば現行維持でと思う一方、それぞれの息子を知っているだけに困惑した。

惟頼が嫌なやつなら張りきって光玲の味方につくも、いいやつなので弱る。

ふたりが敵対関係にあるとわかって、いまさら惟頼を避けるのも露骨すぎる。少なくとも、自分たちに敵意がない彼を現時点で一方的に切り捨てる気にはなれなかった。

だいいち、惟頼が危険人物ならば、光玲が黙っているわけがない。惟頼と友人づきあいを始める段階で止められなかったということは、光玲も惟頼の人間性を信じている証拠だ。

権力闘争については、秀輔はあくまで見守るスタンスでいた。ただ、なにも知らされずにいたくはなくて、前回の縁談同様、今回も人をどこまで蚊帳《かや》の外にするつもりだと光玲に腹が立ち、直衣の襟元を摑む勢いで詰め寄る。

「まだ隠し事があるなら、いま全部吐け。それで許してやる」

「そういうそなたも、私に密《みそかごと》があるようだが？」

「む」

予想外の切り返しに視線を泳がせた秀輔の両手に、彼の手が添えられた。お見通しだったのかと決まりが悪く鼻白む。

「話してくれぬか」

「あのな、俺の個人的な悩みとおまえの問題とじゃ、程度が違いすぎるだろ」

「私はそなたが心穏やかでいてくれれば、政敵とのいざこざに限らず、どんな困難であろうと乗りきれると自負している」

「…言いきるかよ、自信家め」

「そなたを得て強くなった。秀輔が私の生きる源だ」

「ああもう！　おまえはおまえで恥ずかしい男だな……って、あれ？」

ストレートな愛情表現も羞恥プレイの一種と渋面で頰を染めた秀輔が、間近にある端整な顔を睨んでふと気づいた。

「光玲、なんか顔色が悪くないか」

「そうか?」

「うん。そのごたごたで疲れてるとか」

「これしきで参るほど、やわではない。一昨日の宿直明けにつづき、昨夜も寝る間を惜しんで遅くまでそなたを可愛がっていたゆえ、単に寝足りぬのであろう」

「……諸々《もろもろ》惜しめ、頼むから」

睡眠不足になるほど房事に励むなとげんなり呟き、この日の閨事はなしにした。文句を言いつつも、夕餉と湯浴みのあとほどなく眠りに就いた光玲の寝顔はやはりどことなく疲れて見えた。

家では仕事のことを一切口にしない彼だ。結局、権力抗争の詳細も話してはもらえず、秀輔も懊悩を抱えたままである。明日、また折を見て仕切り直そうと思っていたが、出仕からそろって戻った途端、三条邸で騒動が持ちあがっていて時機を逸する。

「なにがあったのだ」

「それが…」

浮足立った邸内の様子に、光玲が訝しげに悠木へ訊ねた。使用人たちを束ねる常に沈着冷静な悠木も、珍しく冴《さ》えない顔つきだ。

「おふたりが出かけていらっしゃる間に、何者かに投げこまれたと思《おぼ》しき小動物の死骸《しがい》が数体、庭から見つかりまして」

「片づければよかろう」

「はい。ですが、その死骸のいくつかが首だけがない状態だったので、邸《やしき》の者が薄気味悪いと申して怖がっている次第です」

それはたしかに猟奇的というかホラーだと顔を顰《しか》めた秀輔をよそに、光玲は淡々と言う。

「感心せぬが、誰かの戯れではないか。もしくは、それこそ入りこんだ大型の獣がそれらを食い散らかした末に、満腹になって捨て置いていっただけかもしれぬぞ」

「皆にもそのように言い聞かせます」

確信に満ちた主人の台詞で、悠木が安堵の面持ちになった。

迷信まがいのことが信じられている時代だ。目に見えない不可思議な存在と事象をひどく恐れる彼らは、不安を煽られたらひとたまりもなくパニックに陥るだろう。

いかにも現実主義者らしい光玲の性分を発揮した分析で全員がひとまず平穏を取り戻した翌日、今度は使用人と女房が次々と不慮の事故に遭う事態が起きた。骨折やら擦過傷やら打撲やら、怪我の度合いはさまざまだが、彼らの動揺は再燃してしまった。

あげくには、夜半に用足しへ行く際に鬼や鵺《ぬえ》を見たと言って騒ぐ者まで出た。

そんなものは科学的見地からすると、脳のとある領域が引き起こす現象で、いわば錯覚とか幻覚にすぎない。などといくら解説しても、おそらく真顔で秀輔が妖怪扱いされるか、奇態な人認定される。

ひとまとめに寝惚けた結果の戯言《たわごと》と断言できずに歯痒かったが、地道にとりなすほかなかった。

「大丈夫だから。みんな落ち着いて」

「秀輔の言うとおりだ。皆、静まれ」

「光玲さま…」

うろたえる邸の者を、光玲と悠木と三人がかりで宥める。出仕中は悠木が頑張ってくれて、騒ぎの鎮静化に努めてくれた。

秀輔も悩む暇なく奔走する。怪我をした人には、植物に詳しい逸哉の知識を借りて薬草を摘《つ》んできて塗り薬や飲み薬にして与えた。骨折患者へも薬草でつくった湿布を張ってギプスがわりに木片を添えて固定し、化け物類の目撃者へは気のせいと根気強く説得した。

清嗣に相談しようかと、ほんのちょっと思わなくもなかった。秀輔の感覚では全部、科学的に説明がつく事柄にせよ、この時代では陰陽寮の管轄なのはわかる。

殊に、小動物の死骸が地面に埋っていた形跡があると知っては、専門家の意見を参考にすべきか迷った。

無論、秀輔自身はこれらが呪《のろ》いによるものとは信じていない。直接危害を加えるならまだしも、怨念で他者をどうにかするといったあやふやな手法など論外だ。だから、単に邸の人々にはその道のプロからの言葉が有効ではと踏んだ。

しかし、殺気立つほど日々清嗣に扱かれては話す気にもなれず、独自で解決に臨んだ。

多少時間はかかったが、どうにか事態の収拾が図れたと安堵して数日後、秀輔は低い声で目が覚めた。見れば、額にびっしょりと汗をかいた光玲が苦しげに呻いている。

そういえば、近頃よく魘《うな》されていた上、恒例の情交誘惑が途絶えて昨夜ですでに四日が経つ。いろいろあって疲労が蓄積中にしろ、人肌なしで眠るのは本来一日が限度の熱狂エロ王者にしては異常だ。

顔色が優れなかった記憶も新しい。性欲が健康のバロメーターと言って差し支えない彼ゆえに、いささか心配になった。

悪夢から覚ます意味でも、秀輔が慌てて肩を揺する。

「光玲」

「う……」

「おい。起きろってば」

「……っ」

双眸を見開いた光玲が勢いよく上体のみ跳ね起き、肩を忙《せわ》しなく上下させた。傍目《はため》にも色を失くした顔つきが見てとれる。

「大丈夫か、おまえ。真っ青だぞ」

「……秀輔」

「とりあえず、悠木に水を持ってき…」

最後まで言う前に、広い胸元へきつく抱きすくめられた。夜着越しにも通常より体温が高いのがわかり、発熱しているのではと光玲の額に触れて確認しようとした刹那、かすれぎみの声で囁かれる。

「よかった。いた…な」

「は？」

「そなたが、いな……夢を…見……っ」

「え。ちょっと、光玲？」

「……秀、輔…」

いきなりずしりと体重がかかった直後、彼が力なく褥に崩れ落ちてぎょっとした。

どうにか頭部は支えて強打させなかったものの、荒い呼吸でつらそうな姿に狼狽する。わけがわからずにしばし呆然《ぼうぜん》となるも、我に返って悠木を呼んだ。

「ゆ、悠木。悠木、来て。早くっ。どうしよう、光玲が!!」

「いかがなさいまし……光玲さま!?」

取り乱した秀輔に応《こた》えて現れた悠木も、ぐったりと倒れた光玲を見て息を呑んだが、すぐにてきぱきと処置を始める。

直ちに呼び寄せた薬師に診てもらって薬湯を飲んでも、彼の熱は下がらなかった。二日経っても回復する様子は一向になく、なお悪化していく。

この事態を受けて、せっかくおさまっていた使用人たちの動揺は三度《みたび》ぶり返し、光玲が寝こんだとあってはさすがの秀輔も平静でいられなくて、三条邸は恐慌状態に陥った。当然、仕事も休んで形振《なりふ》りかまわずつきっきりで看病をする。

「光玲」

「……う」

「あ。気がついたな」

枕元《まくらもと》に陣取ってそばについていると、彼がふと薄目を開けた。

勢いこんで名を呼びたい気持ちを懸命にこらえ、汗ばんだ顔を濡らした布でそっと拭って視界に入る。

「なんか、欲しいものとかないか？」

「秀輔…か」

「うん。なんでも言っていいぞ」

「…いや。なに、も」

「そっか…」

苦しげな吐息と嗄《しゃが》れた声が胸にこたえた。熱で体力を奪われているせいか窶《やつ》れ、気だるげな仕種なのも暗い影を落とし、不安を助長させる。

やはり呪いだと騒ぐ邸の人々とは裏腹に、現実的な秀輔は重篤な病気だったらどうしようとそちらがひたすら気になっていた。医学的な専門知識はさすがに持っていないし、こちらの時代で施せる医療行為など限られている。

光玲のためになんの役にも立てない己が、いまほど腹立たしく歯痒いことはなかった。

「そのよ、うな……顔を…するな」

「え？」

熱い指先でふと頬に触れられて、秀輔が双眸を見開く。目が合った彼が、浅い呼吸で淡い微笑みを湛《たた》えて囁いた。

「そなたが、泣いていて…も……いまの、私では……抱きしめられ…ぬゆえ」

「俺は泣いてなんかないし！」

「そう、か…」

「そうだよ」

こんな状況下でも秀輔を気遣ってくれる光玲に、目頭が熱くなる。瞬きの数を増やしてやりすごした直後、彼が大きく息を吐いた。

「案じ…ずとも……じき…治……る」

「光玲？」

不意に力を失くした手が上掛けの衣に落ちた。視線を向ければ瞼は閉じられていて、何度か呼びかけるも返事はない。

こうして、まるで電池が切れたように意識が突然なくなる。まったくの意識不明よりはいくぶんましな状態とはいえ、憂心でたまらなかった。

光玲の手を握って唇を嚙みしめていたところへ、御簾《みす》の外から悠木が声をかけてきた。彼と交代で介抱しているため、その声音にも疲労が滲んでいる。そんな悠木の負担を少しでも減らすべく、努めて明るく振る舞っていた。

「どうかした?」

「はい。光重さまがおみえになりました」

「…わかった」

慌てて、秀輔が居ずまいを正す。取っていた光玲の手を離すやいなや、左大臣であり、彼の父である光重が室内へ足を踏み入れた。

咄嗟に平伏したら、即座に頭を上げるよう言われて戸惑いつつもそのとおりにする。

悠木が文で一報してはいたが、容体の悪さを知らせたのが今朝でいまは昼過ぎだから、早速の見舞いだ。

光玲を挟んで向かいあった光重とは、これが初対面なので緊張した。

さすがは時の権力者らしく、纏っている雰囲気が重々しい。貫禄《かんろく》も充分な一方、端整雅麗だ。

帝と同年代に見えるので、おそらくまだ四十代前半くらいか。光玲は父親似らしく、美形遺伝

子の大元を発見した心境だ。特に、色っぽい目元と口元が親子そっくりで非常にかっこいい。ちょい悪《わる》どころか、ごく悪《わる》おやじ風味で都中《みやこ》の美男美女と契っていてもおかしくない色男ぶりである。

「貴殿が三浦秀輔殿か。私は左大臣の仲野光重と申す。初めてお目にかかる」

「わたしのほうこそ、ご挨拶が遅れて申し訳ありません。ご子息には一方ならずお世話になっており、大変恐縮です」

「滅相もない。御上の勅意とあらば当然のことゆえ。こちらこそ、此度《こたび》は愚息が面倒をおかけして畏《おそ》れ入る」

簡潔な言葉遣いながら、光重も自分を御子と勘違いしていると薄々気づいていたたまれない。同時に、光玲は父親にすら真実を話していないと知って、帝への忠誠心は半端ではなく凄まじいとあらためて実感した。

口では面倒と言いつつも本心は心配なようで、光重は高僧に加持祈禱《きとう》を頼むと言い残して帰っていき、夕方には光玲の母から息子の身を案じる文が届いた。

光玲に害が出てしまい、科学では解明できないなにかも視野に入れて考えざるをえない状況に焦る。邸の者たちの不安にあてられてか、おかしな空気を察知してはいる。否、厳密には彼の縁談を聞いた直後からだが、気が立っているせいだろうとずっと思っていた。

「……違ったのか…？」

呟いて間もなく、悠木と看病をかわった秀輔はなにげなく外へ出た。悠木には休むよう言われたものの、とてもそんな気になれない。

別段なにか目的があるわけではなかったけれど、光玲を危惧して押しつぶされそうな心が落ち着けばと三条邸の庭を歩き回った。

どうか熱だけでも下がってくれと一心に願う。彼がいない世界にひとりで取り残されるなど、想像したくもなかった。彼が回復するのなら、なんでもする。自分の本音はどうであろうと妻を何人迎えようが文句は言わないし、ほかに男をつくってもかまわない。閨事だって好きなだけさせる。

光玲が元気でいてくれさえすればいいのだと、心底快癒を希《こいねが》った。己の命を引き換えにしても、彼が助かるならば本望だ。

「頼む」

この際、手あたり次第と信仰を超えて八百万《やおよろず》の神々に無心で誓願する秀輔が、知らず動物の死骸が埋められていたという箇所に来ていた。その瞬間、ふと周囲の景色と音が遠退《とおの》いて何事だと立ちどまる。

五感が妙に研ぎ澄まされたようになって戸惑った。さては睡眠不足と精神的疲労で体調不良になったかと眉をひそめかけて、薄ぼんやりとだが変な引力を感じて首をかしげる。

「なんだ、これ?」

声を発した途端、感覚も音ももとに戻って双眸を瞬《しばた》かせた。いまのはいったいと訝りながらも、まだうっすらと感知できるなんとも嫌な気配の正体を突きとめるべく、まるでなにかに導かれるふうに邸の裏手に向かう。

そして、光玲の居室にあたる場所の床下に紙製の人形《ひとがた》が釘《くぎ》で打ちつけてあるのを見つけて仰天した。直衣が汚れるのも無視して地面に這《は》いつくばって目を凝らすと、それには光玲の名前が書かれている。

まさしく、陰陽道の勉強で習った呪詛《じゅそ》現場そのものの様相だった。

「…うそだろ。マジで呪殺とかありなのか」

あやふやな手法と侮るなかれ、思いきり呪えているのが恐ろしい。しかも、標的《ターゲット》以外もついでに崇《たた》っておく迷惑すぎるオプション付きときた。

朝の情報番組の占いコーナーで『今日は人間関係がちょっと拗れそう。気をつけて』との結果を鼻で笑って出社したら、同僚と会議で議論になって逆ギレされて、机の上にあったカッターナイフで刺されて重傷、止めに入った別の同僚数名も軽傷というくらいのありえなさだ。

当たっているけど、もっとこう激しく注意してくれてもと腑《ふ》に落ちなくてぼやくも、信用していなかったくせにとっつこまれると弱るといった具合か。

しかし、こうなっては秀輔の主観はどうでもいい。胡散《うさん》くさい異能を持つ人もいるらしいと、科学技術信奉主義を一部曲げておく。それ以前に、元凶がわかった以上、取れる手段はひとつしかなかった。誰による呪詛かを追及するのは後回しで、光玲を救うほうが先決だ。

即行で立ちあがって光玲の部屋に取って返し、悠木に牛車の手配を至急頼む。

どこへ行くのかと問われて御所と答え、不安げな悠木に光玲を託して季忠を伴って清嗣のもとに急行した。

帝と拝謁中ゆえに待つよう側近に言われたが、いまばかりは偽皇子の看板を振りかざして強引にその場へ乱入する。服装も衣冠ではなく、あちこち汚れた直衣姿で無礼は重々承知の上と断って、ふたりに事情をかいつまんで話した。

光玲の不調を事前に知らせていた帝が仔細《しさい》を聞いて唸るそばで、秀輔は清嗣に頭を下げた。

「お願いだ、清嗣さん。どうか光玲を助けてほしい。このとおり頼む！」

焦燥のあまり、言葉遣いが素に戻っているのも気づかず、床に額を擦りつける勢いで懇願する。たとえ苦手な清嗣が相手だろうと、光玲のためなら何度でも土下座できる。足を舐めろとの侮辱的命令にも応えてみせると意気ごむ秀輔をよそに、清嗣が静々と答えた。

「顔を上げてください。確認しますが、あなたがその人形を見つけたのですね？」

「うん。あ。なんで在《あ》り処《か》がわかったかは訊かないでよ」

自分でもわからないからと、あのときの奇妙な状況もつけ加えたら、彼が珍しく双眸を瞠《みは》った。

そうして、帝に視線をやってうなずきあい、再び秀輔を見て端麗な口元をほころばせた。

「そうですか。さすがは師匠の子孫です。なにより、御上のご采配《さいはい》がさすがでございます」

「そなたの教えがよかったのであろう。のう、秀輔」

「は？」

「お褒めに与《あずか》り光栄ですが、御上。事は一刻を争うやも知れませぬゆえ、これより直ちに光玲殿のもとへ参ろうと思います。お許しをいただけますか」

「うむ。任せた。ただし、そなたがわたくしのもとに必ずや戻らねば承知せぬ。どれほど遅くなろうとかまわぬ。参れ。よいな」

「御意。では、失礼いたします。…秀輔殿、参りましょう」

「あ、ああ」

帝と清嗣の間に漂う空気を初めて目の当たりにして、なんだか腰が引けた。無駄に濃密な雰囲気と意味深なやりとりに口を挟む勇気もない秀輔は、自身が帝の思惑どおり、脈々と受け継がれている陰陽師の血の力の片鱗《へんりん》を、追いこまれた状況下で開花させたとは思いもしない。

慌ただしく御前を辞去し、清嗣と一緒に三条邸へ着いてすぐ、不穏なものを感じとったらしい彼の双眸が微《かす》かに眇められた。まずは人形のところへ案内し、次いで光玲の部屋に連れていく。

光玲のそばにいた悠木に容体を訊ねたが、かぶりを振られて溜め息をついた。

「俺がかわるから悠木は休んで」

「ですが、秀輔さまとてもう幾日もろくに休息していらっしゃらないのに」

「じゃあさ、邸の人たちを見てあげてくれるかな。清嗣さんにも来てもらったし、きっと事態は好転するってみんなを励ましてやってよ」

「畏まりました」

光明を見出してみせるという秀輔にうなずき、清嗣には縋るような眼差しを向けて深々と一礼し、悠木が下がった。

苦しそうな息遣いの光玲のそばに座った秀輔の横へ、清嗣も腰を据える。しばらく光玲を眺めていた視線がこちらへ向けられた。

「予想以上に深刻な状態です。相手も、それなりの術者を使っているとみえます」

「清嗣さんなら、どうにかできるんだろ。早くやっつけてくれよ」

帝お抱えの稀代の陰陽師なのだろうと噛みつく。陰陽頭まで務める分際で、そこらへんの陰陽師に負けては笑い者だとも言い添えたものの、彼は挑発には乗らなかった。かわりに、不可解な色を湛えた静穏な瞳で秀輔を見つめて微笑む。

「無論、わたくしには造作ない案件ですが、それでは意味がありません」

「はあ？」

「ですから、あなたがやってみてはいかがかと思います」

「…おい。冗談を言ってる暇があったら、さっさとやることやって光玲を助けろよ。それともなにか。最強の陰陽師って触れこみはハッタリか！」

この非常時にふざけるなと摑みかかるほど詰め寄って睨みつけた秀輔に、清嗣は笑みを絶やさない。腹立たしくてさらに怒鳴りつけようとした間際、彼のほうが先に口を開いた。

「こちらの世における、己の存在意義が揺らいでいるのでしょう?」

「……っ」

意表をついた指摘に言葉を失くす。まったくの図星なだけに反論できないが、それよりなぜ誰にも話していない苦悩を清嗣が知っているのだと愕然とした。まさか、本当に人の心が読めるのかとおそるおそる訊いたら、あっさり否定されて拍子抜けする。

「でも、なんで…」

「簡単な理屈です。あなたの浅はかな気立てでは、光玲殿の縁談を聞けばそういう思いにいたると察したにすぎません」

「……さらっと単純扱いか」

いちいち小馬鹿にされている気がしてムッとするも、つづけられた台詞にハッとなった。

「まあ、そうなる気持ちもわからなくはありませんが」

「!」

考えてみれば、自分と清嗣の立場は似通っていると遅ればせながら気づく。というか、彼のほうが断然大変かもしれない。なにしろ、恋人が天下の帝である。上級貴族の光玲よりも、男の身で本気で好きになったら気苦労が絶えない相手に違いなかった。

帝に結婚するなとか、ほかに愛人をつくるなとかは絶対に言えまい。むしろ、臣下としては奨励しなくてはならず、複雑な心情だろう。

ほんの少しながら垣間見えた清嗣の真意に触れて、怒りや苛立ちが削《そ》がれた。

互いにしばし無言で見つめあったあと、秀輔が慎重に訊ねる。

「清嗣さんも、ほんとは御上を独占したいんだ？」

「あいにく、わたくしはどなたかのように身の程知らずではありませんので、己の分は弁えております」

「悪かったな。身分不相応の不心得者で！」

同類にしんみり同調したら、お門違いと毒たっぷりな嫌味を返されていきり立つ。

うっかり同情して損したと唸る秀輔へ、清嗣が淡々と述べた。

「あなたはわたくしとは違いますから、それでよいのでしょう。わたくしは、たとえご寵愛を賜れずとも、この身は魂ごと御上ただおひとりのものと決まっているだけです。わたくしの想いなど取るに足りません」

究極の滅私奉公とはいえ、なんとも不公平な貞操義務にやはり合点がいかずにもの申す寸前、それ以上の追及を阻まれて話をもとに戻される。たしかに深追いしている場合でもなく、おとなしく耳を傾けた。

「ともかく、この機にあなたの存在理由を知らしめてはどうかとの提案です」

「はあ？」

さっぱり意図が摑めずにいると、清嗣が補足説明した。

要するに、こちらの世界での存在意義を確立するために、秀輔が光玲の役に立つという既成事実をつくれとの意味らしい。つまり、現状で光玲を助けることができれば、秀輔の陰陽師としての能力で彼を護れる。即《すなわ》ち、有用な人間だと実証できる。なおかつ、己にとってもここに在れる根本的な自信に繫がる。

そうなれば、仲野一族をはじめとした周囲の者に対しても、秀輔の存在価値は名実ともに高まり、遠慮なく堂々と光玲のそばにいられる。

追々光玲と秀輔の仲が公になったあかつきには、御子を差し置いてほかの者に心は移せないと縁談を断るいい口実にもなる。

「すべてが丸くおさまる妙案ではありませんか?」

「それはそうだけど、俺には陰陽師の力なんかないし」

「いいえ。まだ修行中の身であの人形を辿《たど》れたのは上々です。あなたには先々代の陰陽頭であるわたくしの師匠の血が継がれていると確信しました」

「ええ!?」

あんな行き当たりばったりの行動でかと訝る秀輔を、清嗣が手放しで絶賛し始めた。

これまで叱咤か皮肉しか言われてこなかっただけに薄ら寒くも、満更でもない。まじめに修行した甲斐《かい》があったと自分を褒めてやりたくなる傍ら、彼の提案にはおおいに惹《ひ》かれた。

もし本当にそんなことが可能なら、ぜひやりたい。無論、自分の能力云々《うんぬん》についてはいまもって懐疑的だが、この先も光玲の隣で胸を張って生きていける方法がそれしかないとなれば、多少の無理もすべきかと惑う。

「あなたならできると信じています」

「そ、かな…」

揺れる心をなおも試すように、清嗣が『ただし』と真剣な面持ちでつづけた。

「何事にも絶対はありません。下手をすると、怪我どころか命すら危うい状況になりえないとも限りません。万が一の際の気構えはありますか」

「……っ」

相手の陰陽師の力量如何《いかん》では、秀輔の術が即座に跳ね返ってくる危険もある。言い換えれば、やるとなったら命懸けなわけだ。やはり、うまい話には裏があった。なるほどそんなからくりかと遠くを見る目になると同時に、超初心者になんたる無茶ぶりと盛大に呆れる。

ママチャリにどうにか乗れるようになった自転車習いたての人に、転んだらただではすまないすり鉢状の競輪バンクを立ち漕ぎで、しかもプロ選手を相手に走れと言っているのと変わらない。

この人、超ドSだと内心で噛みしめつつも、虎穴《こけつ》に入らずんば虎子《こじ》を得ず論が再燃する。

なにより、光玲の役に立ちたかった。なにもできず、己の存在意義も見つけられずにただ迷い、不安の中で過ごすだけの日々よりは、好きな人のために素人なりに命を張って潔く散ったほうがまだましだし、後悔もない。

そもそも、柄にもなく悩みつづけるのはもう飽きた。現代にも帰れず、このまま光玲まで帰らぬ人になっては、どのみちこの世で生きている意味などなかった。

それに、自分がしくじったときにはスペシャリストの清嗣がいるから心配もいらない。失敗が許されないプレッシャーと比べ、絶対的な後釜《あとがま》がいると思うと気が楽だ。

悲壮感漂うどころか、いっそ清々《すがすが》しく腹を決めた秀輔は、清嗣をまっすぐに見て承諾の印に首肯した。

「やる」

「二度と光玲殿に会えなくなるやもしれませんが、よろしいのですか?」

「男に二言はない」

「わかりました。では、わたくしの言うとおりにしてください」

即席で呪文と朱印をレクチャーされる。初めて聞く難解なものばかりだったが、驚異的な集中力と記憶力を発揮して頭に叩きこんだ。

約十分後、清嗣の指示の下、光玲にかけられた呪詛をいよいよ解きにかかる。

まさに火事場の馬鹿力で、彼を助けたい一心のみで数種類の朱印を結び、舌を噛みそうになりながらも教えられた呪文を何度も唱えた。

想いの丈を込めて、全力を振り絞る。光玲の無事を願う気持ちは誰にも負けない。世界で一番、

自分が彼を想っている。神様にだって渡せないものを、つまらない権力抗争なんかで右大臣の犠牲にさせてたまるか。そこらの陰陽師風情にいたっては論外である。

光玲に仇《あだ》なす者は許さないと強く念じた。

「……ん？」

その直後、秀輔の肩が背後から軽く叩かれた。無意識に閉じていた双眸をゆっくり開くと、平淡な声がかけられる。

「もはや大丈夫でしょう」

「え。もう？　だって、まだ…」

始めてからさほど経っていないのにと首をひねったが、そんなものだと言われた。

なんだか、覚悟はいいかと真顔で何度も確認されたわりに想像よりあっさりすんで呆気ない。イメージ的にもっとこう、長丁場の精神戦に縺《もつ》れこんだり、送られてきた敵方の式神が変じたもののけもどきと死にもの狂いの死闘を演じたりするのかと思っていたから拍子ぬけした。

一方で、能ある鷹《たか》は爪《つめ》を隠すではないものの、もしかして俺って意外にも才能が超あったのかと浮かれる。天才陰陽師現るというキャッチコピーが脳裏にちらついた。

清嗣に追いつくのも遠くないのではとにやけそうになりつつ振り返ると、彼がやんわりと微笑んで光玲を指し示す。

慌てて視線を戻すと、あれだけつらそうだった表情が穏やかになり、荒かった呼吸も楽になっていた。

「あ。俺、マジで成功したんだ」

「はい。あちらの悪あがきもいささかありましたが、成就です」

「うわ、すごいうれしい！」

「よく忍びました」

「うん。やった。光玲が、助かって……よかっ…た」

「秀輔殿？」

「ん～……疲れた…」

じわじわと込みあげてきたよろこびと安堵に浸る間もなかった。

呪詛解除達成の知らせと清嗣のねぎらいを聞いている途中で、気力と体力を使い果たしたせいか意識が保てなくなってくる。

せめて光玲が気がつくまでは踏ん張りたかったがこらえきれず、その場にぱったり倒れ伏した。

ここ最近の睡眠不足と疲労も相俟ってか、強力な睡魔に逆らえない。

ふと次に目覚めたとき、そばに座る光玲を視界に入れた秀輔が笑みを湛える。

「ああ、光玲だ。ほんとに元気になっ…」

「この戯《たわ》け者が！」

「は？」

覚醒《かくせい》するなり一喝されて、目を白黒させる。しかし、なぜに怒られるのか理解できない上、馬鹿呼ばわりの心当たりもなくてむくれた。

上体を起こして反駁《はんばく》しかけた身体が、不意にきつく抱き寄せられる。冗談ぬきに背骨が軋《きし》むほど強く抱きしめられて呻いた。腕を緩めろと彼の背中を叩くも、しばらく抱擁の刑に処されたあげく、力が弱まったあとも吐息を塞がれる。

「んんぅ」

よもや新手のプレイかと、間近にある漆黒の双眸を恨めしげに睨んでようやく唇が離れた。

今度こそ文句を言ってやると張りきる秀輔より早く、再度厳しい口調で責められる。

「なんという無謀なことをするのだ、まったく。相手はかなりの術者であったというに、いくら安部殿がそばにいたとは申せ、そなたは素人同然なのだぞ。わかっておるのか」

「…わかってるけどさ、俺だっていろいろ考えた末の行動だったんだから、そんなに怒らなくてもいいだろ」

出会って以来、本気で怒る光玲を見るのは初めてで、意気を削がれて少々たじろぐ。

稀《まれ》にだが落とされていた兄の雷も怖かったが、光玲も相当なものだ。眼力鋭く、威圧感も半端ではなく、見た目以上に怒り狂っているのがひしひしと伝わってくる。

一か八かの無茶をやらかした自覚は一応あるので、殊勝に謝ってみた。

「ごめん。光玲」

「もう二度とするまいな?」

「えっと、おまえがまた誰かに呪詛されたらやるかも?」

「……」

零下を大幅に下回る極寒視線が突き刺さる。頭頂から足先まで秒速で凍りつきそうな無言の圧力に冷や汗をかきながらも、秀輔が言い募った。

「いや。あの、なんか俺、陰陽師の才能が案外あったりなんかしちゃったりしてさ。うん。おまえにかけられてた呪いもさらっと解いちゃったんだよな。修行の成果っていうか、元々の素質が違ったっていうか。というわけで、その約束はちょっと…」

「心得違いだ」

「できな……って、ん?」

しかつめらしい顔つきで、光玲が低く告げた。なにが誤解だってと目を瞬かせる秀輔に、とんでもない台詞がつづく。

「そなたは私の呪詛を解く場に立ち会っただけで、実際はなにもしてはおらぬそうだ。すべては安部殿がつつがなくなさった。なれど、表向きはそなたがやったことになっているゆえ、口裏を合わせねばならぬが」

「え!?」

「今回ばかりは、そのようにしたほうがなにかと都合がよいと伺い、私も同意した」

「はい？」

「よって、見習い陰陽師というこれまでのそなたの立つ瀬は変わらぬ」

「はあ？」

「あと、安部殿より言伝《ことづ》てをあずかっている。『せっかく器があるのですから、偉大なる祖先の名に恥じぬよう以後もせいぜい精進なさい。一人前の陰陽師への道のりはまだまだはるかに遠いです』とのことだ」

「な……な、な…っ」

なんだってと、事態をやっと把握した秀輔が大絶叫する。では、あのときの呪文や朱印はなんだったんだと喚くと、気休めらしいととどめを刺されて倒れかけた。

傾《かし》いだ身体を光玲に支えられながら、ちくしょうこういうおちだったかと歯嚙みする。

結局は、清嗣にまんまと担がれた形だ。うかうかと口車と煽《おだ》てに乗って、彼の全面的なバックアップで事を成し遂げたとも知らず、天才かもと悦に入っていた己が痛すぎる。

よくよく考えてみれば、ルーキーの分際かつ初手であんなにさくっと呪詛の片をつけられるはずがなかった。光玲いわく、なかなかの手練《てだれ》が相手だったのならなおさらだ。

しかし、秀輔の価値を世間に知らしめるという目的は完遂された。しかも、世話になっている光玲の危機を救いたい一念で偶発的に爆発的な力を揮ったにすぎず、その能力はいまだ不安定で制御不能ゆえに当人の身も危うい。

現に、力の暴発がもとで秀輔は床に就いているため、向後は清嗣のさらなる厳しい管理下に置く。そして、帝の認許がない限り、あらゆる力は使用厳禁と帝が指示したらしい。

結果、貴族たちの間では、皇族でありながら陰陽師の能力も持つという秀輔の神秘性はますます高まったと知らされて頰が引き攣った。ついでに、我が子を心配する帝の親心も皆の胸を打ったとの美談つきだ。

以上が口裏合わせの顚末《てんまつ》である。誰が脚本家かは言わずもがなで、恐るべき完全犯罪だ。欺かれた悔しさもある反面、秀輔によかれと思って清嗣がこういった経緯にしてくれたのはなんとなくわかって憎みきれない。

やんわり否定はされたものの、彼が自らの立場を秀輔に重ねていたのは勘違いではないと思う。常々冷淡だし、口を開けば嫌味しか言わないけれど、師匠の子孫である秀輔へ清嗣なりに心をかけているのかもしれなかった。以前、光玲が彼について情に濃《こま》やかな人と評していたのは、あながち外れてもいないのだろう。

この先、上司への苦手意識が多少改善される予感とともに、小さく呟いた。

「まあ、俺にできるわけがないよな」

妙に納得しつつ、今後はまじめに修行に励もうと誓う。陰陽師の才能はゼロに近くても、皆無ではないと清嗣も言っているから努力はしよう。

実を結ばなくたって、光玲のためと思えば頑張れる。そう。大切なのは、自分に対する相手の気持ちの深浅や変遷を憂うのではなく、相手に対する自分の気持ちがいつ何時《なんどき》であってもぶれないことだ。

仮に光玲の愛情が失せたにせよ、秀輔が彼を想う自由はある。これだけ想っているのだから、してあげているのだから、そちらも同様もしくはそれ以上に返せというのではだめな気がした。

好きになって想っているのは、あくまでこちらの任意なのだ。

だから、なんの見返りも求めず、自らの想いを押しつけるのでもなく、相手を好きな心志のみにおいてそばに寄り添う。

光玲がこの世に在る限り、どんな状況になろうと、外野の言動など関係なしに揺るぎなく彼を想って傍らにいつづけることこそが、己の存在意義なのだと漸《ようよ》う気づいた。しかも、辿り着いた結論がなにげに帝と清嗣がモデルっぽくてちょっとげんなりする。

「……うわ、微妙…」

「秀輔？」

怪訝《けげん》そうな光玲になんでもないと笑い、内心で遅すぎるだろうと遠回りした己につっこんでいた秀輔が、恋人が束帯姿なのにいま頃になって頭が回った。

「束帯って……おまえ、病みあがりで出仕したのか」

昨日の今日で無理をするなと早速文句をつけると、嘆息まじりに反論される。

「私が床払いして、今宵ですでに三日目だ。そなたは二日半も眠りつづけていた」

「嘘…。俺、そんなに寝てたんだ？」

予期せぬ返答に声が裏返る。一晩ぐっすり眠った感覚ですっきり目覚めたつもりが、倍以上の時間経過に驚いた。光玲が倒れて数日、ほとんど眠れずにいた物理的要因に加え、己の身の処し方について悶々《もんもん》と悩んでいた精神的要因もあったのかもしれない。

それらがまとめて決着したため、蓄積された疲労が一気に出ての爆睡だったのだろう。

この間、光玲は昏々と眠る秀輔に後ろ髪を引かれながらも事態の収拾に奔走して回ったらしく、今日もついさきほど帰ってきたばかりで、着替える前だと言われた。

ちなみに、呪詛が解かれて以降、みるみる光玲の体調は回復し、三日が経ったいまではすっかりもとどおりだそうで安心する。

「そっか。ご苦労さん。あと、おかえり」

「ああ」

「…って、じゃあ、あのあとどうなってるんだ？　まだ…」

「すでに事は落着した」

「えっ」

思わぬスピード解決に双眸を見開いたら、光玲が詳細を話してくれた。

秀輔が眠ってほどなく、光玲は意識が戻ったらしい。そこで清嗣から現状を聞き、目星をつけていた右大臣派の貴族邸を片っ端から季忠を含めた手勢に当たらせた。

案の定、右大臣と最も繋がりのある貴族の邸から、不審な牛車が出ていくのを発見した季忠が強引に車内を検《あらた》めたところ、深手を負った陰陽師が三名乗っていたという。

「三人も!?」

「ああ。いずれも、昔陰陽寮に属していたけっこうな腕利きだ」

「清嗣さんって…」

把《たば》になってかかった熟練者をたったあれだけの時間で、その場にいた秀輔にさえも勘づかれずに返り討ちにした清嗣の技量は凄まじい。彼が本気を出したらどうなるのか、考えただけで戦慄を覚えた。

その後、季忠が部下と踏みこんだ件の貴族邸には秀輔の誘拐にも携わったならず者たちもいたため、あらためて残らず捕まえて事情を問いただし、彼らがこの邸の貴族に雇われていたと判明したとか。

呪詛を行っていた一室には光玲のほか、光重と香子の名前が書かれた未使用の人形もあって、邸の貴族は言い逃れできなかったそうだ。

左大臣家のみならず、東宮の子を生んでいる香子をも害そうという企ては、ひいては天皇家への謀反心ありと看做されて余りあったとか。

「動かぬ証拠を押さえられちゃな。で、右大臣もろとも一網打尽と」

「いいや。咎《とが》を負ったのは、季忠がつきとめた清原《きよはら》殿のみだ」

「なんでだよ。だって、その人は右大臣の子飼いなんだろ?」

「当の経房公に否定されてはどうにもならぬ。そなたが言うところの確たる証拠がない状況では な。御上にも清原殿の一存で、ご自身はなんのかかわりもないと一貫して潔白を主張なさった。斯様《かよう》な仕儀では、御上もそれをお聞き入れにならざるをえず、経房公はお咎めなしだ」

「そんな!」

「仕方あるまい」

「……っ」

極めてわかりやすい蜥蜴《とかげ》の尻尾《しっぽ》切りに憤然となった。たしかに、現代にも疑わしきは罰せずの原則があるとはいえ、どうにも承服できない。

火のないところに煙は立たぬで、右大臣の尻《しり》に火をつける勢いで徹底的に調べあげたら、山ほどぼろが出てきそうなのにと鼻息が荒くなる。

罪を全部、配下の清原になすりつけて白を切りとおした老獪《ろうかい》さも腹立たしかった。なんといっても、大元が無事ではまたぞろ光玲が狙われるかもしれなくて憤懣《ふんまん》やる方ない。

「首謀者が無傷って、なんか理不尽なんだけど」

「そうとも言えぬが」

「え?」

意味深な口ぶりに眉宇《びう》を寄せた秀輔へ、彼が端整な口元をわずかに歪《ゆが》めた。

光玲によれば、右大臣は失脚こそ免れたが、今回の一件の元凶が右大臣と誰もが承知ゆえに人心は離れつつあった。それまで味方だった者も、己の保身のために迷わず清原を切り捨てた薄情さに右大臣を見限り始めているらしい。

今朝の朝議の場でもあからさまに敬遠されていたりと、法的なものはともかく、社会的制裁を受けているという。

「あれでは、これまでどおりの権勢は揮えまい」

「ふうん。まあ自業自得かな」

「ああ。ゆえに、追及はせずにいる」

「うん。とりあえず、それで一件落着でいいよ」

右大臣が大手を振ってはいないとわかって、溜飲《りゅういん》が下がった。放っておいたら自滅するかと、現況での懸念がなくなってひとまず安堵を覚える。またなにかあった際には、そのときに考えればいいだろう。

そこにいたり、秀輔はできたての友人が脳裏に浮かんで胸が痛んだ。訊くのを躊躇った末に、おそるおそる口を開く。

「惟頼さんは、今回の件を知ってたのかな?」

右大臣の嫡男である惟頼が、まったくの無関係とは周りは考えまい。おそらく肩身が狭いのではと懸念された。

「いや。萩原殿は加担しておらぬ」

「そっか。でも、なんでそう言いきれるんだ?」

「ああ。経房公が申し開きのために御上の御前へ召し出された際、萩原殿が常になく厳しい調子で真実を話されよと経房公に食ってかかったらしい。その場を私の父や幾人かいた貴族が図らずも目撃したそうでな。公の場で公然と父親を詰る萩原殿の姿勢を見て、ふたりの確執は本物であり、此度の一件にも萩原殿はかかわりなしと確信したと」

「うわ。惟頼さん、やるな」

「ああ。ただ、経房公の余波でしばらくは宮中で立つ瀬がないやもしれぬが、萩原殿なら乗り越えられるだろう」

「うん。俺たちで支えてやろう」

「……まあな」

微妙に歯切れの悪い答えを訝るも、悋気ゆえとは思いもよらない。それより、ひさしぶりに光玲の腕の中にいるのがいまさらながらにうれしかった。彼がいる世界でなら、どこでだって生きていけると思った矢先、そうだというふうに顔を覗きこまれる。

「御上のお許しを賜り、そなたとの仲を父に報告した。そのうち人々にも広まると思うが、そのつもりでな」

「は?」

「父には、今後は秀輔以外の誰とも私は伴侶の契りを交わすつもりはないと正直に申した。なに。父も政の機知には優れているゆえ、種々の物事を総じてそなたの価値は高いと判じたようだ。さほど渋りもせずに了承してくれた。なれど、私が知らぬ間に顔を合わせた際のやりとりで、そなたを気に入ったようなのはおもしろくないが」

「そ……」

先日の初顔合わせで光重に好印象を持たれたと胸を撫で下ろすも、父親にまで妬く光玲を窘めればいいのか、親に話す前に帝だけでなく当事者の許可も取れと怒ればいいのか迷った。

果ては俺が嫁かだの、フェイク御子とはいえ仲野家及び世間的には、臣籍降嫁みたいな受け取り方をされるわけかだのと混乱に拍車がかかる。というか、婚家先に対しても偽皇子仮面装着継続が決定して頭が痛くなる。同様に、光重と次にどんな顔で会えばいいのかわからなかった。

ついでに、光重が秀輔の陰陽師としての腕に多大に嘱望し、帝に清嗣がいるように、ゆくゆくは左大臣家専属になってほしい心積もりでいるらしいとも聞かされてブルーになった。

期待外れになれる自信が満々な分、舅《しゅうと》殿と会うたび胃痛がしそうだ。

やはり清嗣が恨めしいと歯軋りしかけて、最大の気がかりを思い出して訊く。

「その、光玲。ちょっと確認なんだけどさ」

「なんだ」

「ええと、あの縁談ってもう断ったわけ?」

光玲が息災でありさえすればあとは気にしないと言いたいけれど、いまし方、見つけた答えは究極の理想型なので達観するにはいまだ時間が必要だった。

上目遣いに返事を待っていると、彼が緩くかぶりを振る。

「いや。仲野家としては、まだだな。文のやりとりもつづいている」

「あ、ああ。へえ。ふうん」

もしや話が拗れてはいまいなと心配でこわばった秀輔の頬を、光玲が悪戯っぽい笑みを湛えてつついた。

「申しておくが、私《わたし》は早々に断わったぞ」

「…うん。なんか、いろいろ家的な事情があるんだろ。別にいいし」

「さほど込み入った所以ではない。先頃、ようやく縁談相手が本来の正しい組みあわせになったにすぎぬ」

「……は？」

ものわかりよく引き下がってみせるも、内容が理解できずにぽかんとなる。そんな秀輔を優しい眼差しが包みこんだ。

「七条の姫君は元々、弟・光紀の幼なじみで想い人でな。幼少のみぎりより、互いに将来を誓いあっていた仲なのだ」

「な……」

「だが、両家の親はそれを知らなかったゆえ、私に姫との縁談が来てしまった。双方の親に事の次第を話し、私と光紀が入れ替わることを殊に相手方に快諾されるまでは、私が姫に文を出すふりで光紀が書いたものを届けさせたりとなにかと大変ではあったが、滞りなくすんだ」

「……………」

可愛い弟に恨まれたくはないと笑う光玲と予想外の真相に脱力しつつ、それなら最初から言っておけとぼやく。

「俺は不安でたまらなかったのに」

「すまぬと思うが、下手に話してそなたが光紀に興をそそられるのは嫌だった。逆も然りだ。そなたに懸想されても困る」

「そりゃあ、おまえの弟なんだから、ほかの人間よりはどんな人かなって興味は持つよ。できれば友達にもなりたいけど、それ以上の関心は持たないぞ。そもそも、俺なんかとどうこうなりたいっていうやつはおまえくらいだ。話したら台無しだって、御上たちも言ってただろ」

「…ここまで自覚がないと、先が思いやられるな」

「ん？」

小声で呟かれて聞き逃した秀輔が訊ね返すも、額同士をくっつけられて微笑まれた。はぐらかすなと睨もうとして、フェロモンたっぷりの流し目にうっかり鼓動が跳ねて逸らす間際、低音が囁いた。

「そなたの指摘どおり、この世で誰よりも秀輔を愛しているのはほかでもない、私だと申した」

「そ…っ」

「無論、来世も、そのまた次の世でも、ずっと私だけがそなたを愛する。幾度生まれ変わろうと、必ずそなたを見つけ出して伴侶とし、永遠に連理の枝となる」

「……エンドレスストーカー予告だ」

「なに？」

「いや。相変わらず、激しい台詞で恥ずかしいってこと」

「私の偽りない心だ。それに、甚だしさならそなたとて相当だ」

「俺がなんだよ？」

光玲ほど臆面《おくめん》のない言動を取った覚えはなくて眉をひそめると、漆黒の双眸が細められた。

「このところ、そなたが心を痛めていたわけは安部殿から聞いた。ゆえに、あのように向こう見ずな振る舞いに出たのもわかっている」

「……っ」

彼には黙っていた苦悩を第三者経由で暴露されていて、ばつが悪い。いまさら否定もできずに視線を泳がせる秀輔の背に回されていた腕に少しく力がこもった。

「あれは…」

「私を想い、己《おの》が命を賭《か》けてまで救おうとしてくれたそなたの気持ちは尊いし、健気で愛おしい。

なれど、そなたの命と引き換えに私ひとりが助かったとて、なんになる？　そなたがいない残りの人生をどう過ごせと？」

「あ」

悲痛な声で訴えられて、そこまでは考えていなかったと胸を突かれた。

悩みあぐねて独りよがりになっていた自分を、遅まきながら猛省する。光玲も、秀輔がいつか突然またタイムスリップで姿を消してしまわないか、あるいは誘拐されて自らの手が及ばぬところへ行ってしまわないかと不安な思いを抱えていると知っては、いちだんとだ。

「そなたを失ったら、私は生きていけぬ。そなたがそばにいなければ、幸せになどなれぬ。頼むから、二度とあのような無茶はしないと誓ってくれ」

きつく抱きすくめて懇願してくる光玲を抱き返しながら、秀輔は何度もうなずいた。彼がどれほど胸を焦がして心配したか、いま頃になって悟る。

「うん。軽々しい行動はもうしないって約束する。ごめん、光玲」

「ああ」

「ほんとにごめん。俺も、おまえがいないとだめだ。おまえのそばにずっといたい」

「そうか」

だから、一生この手を離さないでほしいと呟いて、己の新たな決意も告げた。

これから先も、また迷うことがあるかもしれないが、なにがあっても光玲を想う心だけは変わらないと誓う。

「俺はおまえに、世の中で実質的に役立つものはなにもあげられないけど、俺っていう人間そのものは全部、おまえにやるから。俺のすべてはおまえのものだよ。おまえと会うために俺は生まれて、この世界にも来たんだっていまなら思える」

「秀輔」

「って、俺も大概こっ恥ずかしい言い草……んんっ」

乙女《おとめ》チックな運命論を恥じて混ぜ返す途中、吐息を奪われた。間近にある光玲の表情が怖いくらいに真剣で、瞼を閉じる機会を逸する。

見つめあって深いキスを交わすうち、彼の手が秀輔の夜着の裾《すそ》を割って入ってきた。

反射的に引きかけた腰がもう片方の腕で押さえこまれ、太腿をねっとりと撫でさすられる。

「んふ…んぅ、ん」

難なく搦《から》めとられた舌を翻弄されつつ、突如始まった行為についていけずに眼前の胸板を両腕で押し返す。

キスの合間に唇が離れた隙をついて、光玲の口元を片手で覆ってブロックした。

「ちょっ……いきなり、すぎ…」

「あれほど熱烈に私を誘っておいて、なにをいまさら」

「そんなつもりはな……わっ」

口に置いた手を舐められてぎょっとする。慌てて引っこめるより早く、手首を摑まれてそのまま指を一本ずつ銜《くわ》えられて頬が熱くなった。

「やめろ、光玲！」

「私のものを、隅々まで愛でたいのだ」

「そっ……意味が、ちが…っ」

「ああ。こちらのほうを慈しんでほしいのか」

「っは、ぁ…く」

太腿に触れていた彼の手に股間《こかん》を握られて呻く。人の切なる告白を故意に曲げて解釈しているのがわかって忌々しいが、のっけから的確な指使いで快楽を引き摺り出されて歯を食いしばった。

しかし、起きぬけだったのも災いし、早々と性器が反応して情けない。

「あ、っあ…う」

「早いな。私がしてやれぬ間、ひとりでいたさなかったのか？」

「だ…れが…っ」

真顔で自慰確認をする変態貴公子を睨《ね》めつける。あの一大事の最中に、そういう思考回路が働くかと口を極めて説教したい。けれど、このエロエリートはもしや呪われ中も、そちら方面の脳領域は平常どおりに活動していたかもしれなくて恐ろしい。

「私の秀輔は、いつまで経っても慎ましく初々しいな」

「おまえ、が……如何《いかが》わしい…だけ、だから」

「そこはお互いさまだ。そなたも、ここをこうも濡らしている」

「ん、あぁ…んっんっ」

溢れる先走りを先端に塗りこめるようにされて、嬌声を抑えきれなかった。なのに、あと少しで吐精に漕ぎつけるという寸前、根元を縛《いまし》められていけずに終わる。

逆流し、下腹部を中心に燻《くすぶ》りつづける熱を放出したくて、秀輔が下肢をうねらせた。

「や……光玲、離…せ」

「そなたが私の衣を脱がせてくれたら」

「ば……」

束帯を脱がし終えるまでこらえろなんて、意地悪にもほどがある。

嫌だと言い張ったが、急所を押さえられていてはしょせん叶わなかった。

渋々、まずは冠に手を伸ばす。着せるのはともかく、脱がせるのはどうにかなるにせよ、ややこしくて手間取る。しかも、のっぴきならない事態に追いこまれている身だ。

「う、やだ……触る…なっ」

「すぐ目の前にそなたがいるのに？　無理だな」

「脱がす…のに、邪魔……なんだよ」

「気にせずともよい」

「気になるわ！　…っあ、ぁ」

「つづけろ、秀輔」

目的達成を嬉々《きき》として阻む妨害者に苛々するも、逆らえない。

結局、焦《じ》らしに焦らされて、光玲をなんとか裸にした頃には秀輔は気が狂いそうだった。ただもういきたくてたまらず、涙目で彼に縋る。

「ん……光玲、も……ねえっ」

「ほら。存分に出せ」

「あぁっ…あ、あ、あっあああ」

約したとおりに縛めがほどかれ、溜まっていた熱情がほとばしる。

我慢を重ねたせいか、えもいわれぬ快感とともに絶頂を極めた。インターバルも空いていたので、しばらくぶりの解放感に酔う。

「っふ、ん……ゃ…」

残らず絞りとる仕種で性器を扱かれて身じろいだ拍子に、褥へゆっくりと寝そべっていった。少し休むのにちょうどいいかと仰向《あおむ》けになって身体の力をぬきかけて、夜着を大きくはだけられて即座に硬直する。

即行で向けた視線の先で、あろうことか光玲が秀輔の股間に顔を伏せていた。濡れそぼつ性器を涼しい顔で舐める彼と目が合って、頬をひくつかせながら喚く。

「な、なにしてるんだよ！」

「見てのとおりだ」

「み……」

「ああ。なんなら、そなたも私を口に含むか」

「含……」

「では、こちらの体勢がよいな」

「は？」

仰臥《ぎょうが》から側臥にひょいと変えられたと思うと、反動を利用して夜着を完全に脱がされて全裸にされた。おまけに、目前には光玲の股間をでんと突きつけられていて眩暈がする。

つまりは、互いに横向きで寝た姿勢でのシックスナイン要請だ。

破廉恥すぎる格好に秀輔が異議申し立てする直前、彼が笑みまじりに言う。

「首が疲れぬよう、私の足を枕にしてかまわぬ」

「……俺はかまう…っく、ぅ」

そんな心遣いは、むしろありがた迷惑だ。そもそも、男の膝枕でさえ微妙なものを内腿枕って、漏れなく見える光景が股間オンリーの嫌がらせかと沈痛な面持ちになる。

直ちに体位変更を願ったが、秀輔の内腿を早速枕にした光玲にもう片方の太腿を持って開かされてうろたえた。

恥部地帯全域が全開の羞恥地獄をどうにか回避すべく、懸命に身をよじる。

「やめっ……光玲、やだってば！」

「ここをほぐさねば、つらいのはそなただぞ」

「そ、っん…んん……や、やっ…あ」

「それに、私を濡らしておくと、繋がる際にいくぶん楽だろう？」

「だか、ら…って……あっ、ん」

こんな卑猥《ひわい》度抜群なやり方は勘弁しろといくら哀願しても、聞き入れられなかった。

性器やその裏側、陰嚢まで甘噛みされたり、内腿を吸いあげられたり、会陰《えいん》を舐められたりと恥ずかしさに果てはない。この間も、彼の手は臀部《でんぶ》を揉み、後孔周辺をなぞるように蠢いていて含羞を加速させた。

ほどなくして、ついに後孔へ指を挿れられて呻く。尖らせた舌も一緒に侵入してきて、秀輔の弱い箇所を暴いていく。

「嫌、だ…っ」

「秀輔。口が留守だ」

「ば……」

同じ淫らポーズを晒しておいて、なぜにおまえは泰然とかまえていられるのだと毒づきたくなった。

どこまでいっても、羞恥感応レベルの溝はおそらく埋まらないと内心で嘆いていると、乱れずにはいられない場所を擦られる。

「ああ…っあ、あ……ゃ、んっん…ぁ」

「私も慈しんでくれぬか」

甘い声音で促されて、恥を忍んで躊躇いながらも従った。

光玲が元気になるならなんだってすると誓約したのだから、違《たが》えるわけにはいかない。

引きしまった彼の腿に頭部を乗せ、軽く勃起《ぼっき》状態の屹立に顔を寄せて口内へ迎え入れた。この行為も何度やっても慣れないし、大きすぎて顎《あご》が疲れる。すべては銜えきれず、根元あたりは添えた手で扱いた。

さほど時を経ずに楔が膨張し、先走りもこぼれてくる。

「んん、ふ……うぅ…んっ……あっあ」

それでも、光玲が与える濃厚な愛撫でひっきりなしに口淫が中断させられる。やれと言ったくせに、これではまともにできるわけがなかった。

多少なりとも意趣返しもしたいのに、後孔の指の数を増やされて弱点を弄り回されて挫《くじ》ける。

「あ…あぁ……そこ、は…っ」

「そなたが泣いて悦《よろこ》ぶところだな」

「く……」

大間違いと猛抗議できない自分が嘆かわしい。その上、後ろへの刺激で性器が再び芯を持ち始めて狼狽した。

このままでは彼の顔へもろに射精しかねないと危惧した秀輔が、上擦った声で嘆願する。

「光玲、頼む……もうっ」

「うん？」

「俺っ……また…出る、から…」

「ああ。飲めと」

「違う！」

逆だ。やめて退《ど》けという依頼だと叫ぶ。

別段、顔が濡れてもいい。せっかくの甘露がもったいないと残念がる光玲を今度と宥め、危ない体勢を脱したのも束の間、身を起こした彼が秀輔の頭と脚の位置を入れ替えた。そして、両脚を抱えて開かされ、指がぬきとられたばかりの後孔へ熱塊の切っ先が押し当てられる。

「挿れるぞ」

「ま、待て」

「聞けぬな」

「そ……んぁ、ああ…っ」

制止も虚《むな》しく、光玲が強引に押し入ってきた。たっぷりと慣らされた内部は柔軟に撓《たわ》み、長大な楔を受けいれて拒まない。

潤滑剤がわりの唾液《だえき》のぬめりを借り、狭隘《きょうあい》さもなんのそので侵攻していく。

痛みこそないが、圧迫感はかなりのものだ。おかげで、挿入の衝撃で精を放ってしまい、彼を締めつけてしまった。無論、その程度で達してくれるような濡者《ぬれもの》ではなく、端整な眉を少々ひそめただけで、おさめきった自身で秀輔をほしいままにする。

「っは、あ…んぅう……や、やあぁ」

極めたばかりの敏感な粘膜内を容赦なく攪拌《かくはん》されて、惑乱した。

上方向に身体をずらして逃れようにも、覆い被さってきた光玲に顔の両脇《わき》で手を縫いとめられて阻止される。

「逃げるな」

「んん…っあ、あ、あ……じゃあ、もっと……ゆっく…り」

「すまぬが、常以上に加減が効かぬ」

「な……」

「言葉に尽くせぬほど、そなたが愛おしすぎて」

「う…っんんん」

熱っぽい台詞につづいて唇を塞がれた。当然ながら激しい抽挿は継続中で、息苦しいったらなかった。

どうにかキスを振りほどいても、今度は首筋や耳朶付近にちょっかいをかけられて参った。鎖骨を齧られ、特に弱い耳の後ろの薄い皮膚や胸にもくどいくらいに吸いつかれて、不本意ながらも半泣きになる。

光玲の自己申告に相違なく、普段を凌《しの》ぐ勢いのエロメーター振りきれ具合だ。

「も……光玲、やだ…っ」

「涙するそなたも愛らしい」

「いいか、ら……さっさと、終われ…よ」

「なるほど。そなたの中に出してほしいのだな」

「ちがっ…」

「では、確《しか》と受け取れ」

「うあぁ」

いっそう深みを抉られた秀輔が悲鳴をあげたとほぼ同時に、彼が低く呻いた。その直後、体内が熱いもので満たされていく。

なんとも言い難い感触に身を震わせつつ、注ぎこまれる奔流をこらえる。

「ん…っふ、ぁ……んく」

鋭敏になっている襞《ひだ》に浸透させるよう腰を送りこんでくる光玲を、ほどほどにしろと睨みあげた。指を絡めて握られている手でも、その甲へ強く爪を立てる。ついでに、脚の間に挟みこんだ胴を軽く蹴ったりもした。

「もう、いいだろ…」

迅速にぬけと急《せ》かす秀輔に、彼は鷹揚に微笑む。

「一度目はな」

「は？　…っんう」

嫌な予感を覚えた刹那、体内の異物が去った。ホッとする暇もなく身体がひっくり返され、四つん這いで光玲に臀部を向けた格好にさせられる。

大慌てでせめて腰を落とそうとしたが、一瞬早く双丘を鷲摑《わしづか》みにされて阻まれた。さらに割り開かれて動揺がひどくなる。

「み、光玲。やめろよ！」

「私の精を溢れさせるそなたは、いつ見ても濃艶だ」

「悪趣味っ」

「なんとでも。さて。溢れた分を継ぎ足すか」

「ちょ、待……んああっ」

休憩すら与えられず、背後からひと息に挿入されて絶叫した。

押し出された淫液が内股を伝い落ちる様子を光玲に見られているのがいたたまれない。それどころか、交接部分まで観覧されていて無念極まった。しかも、恥じ入る秀輔にその一部始終を実況中継する意地悪ぶりだ。

「そなたは気立てのみならず、ここも健気で愛らしいな。こんなに小さいのに懸命に私を包みこんで癒《いや》してくれる。ああ。いまも中がひどく波打って…」

「うるさ、い」

「こら。あまり締めるな、秀輔。私をまだ煽るつもりか」

「知ら、な…っ」

「よかろう。望みには応えねばな」

「そ……うあっ、あああぁ」

そんな怖い期待は誰もしていないとの反駁も届かず、猛々しい突きあげが始まった。

後背位ゆえに、深部まで光玲が食いこんでいて取り乱す。そこを執拗に掻《か》き回され、脆《もろ》い場所を集中して攻められて身悶えた。

徐々に両手を踏ん張っていられなくなり、上体が頽《くずお》れて尻だけ掲げた慚愧《ざんき》に堪えない姿勢になってしまう。

「んっ…んっ、ん……あふ」

「秀輔」

「あ、あ……や…嫌ぁ」

背骨に沿って這いあがってきた彼の唇が、秀輔の肩口に歯を立てた。

耳朶も食まれ、耳孔へ舌も入れられて背筋に震えが走る。

「ああ。そなたの印がまた勃《た》っている」

「言…うな…っ」

さらに、性器も握りこまれて焦らしつつ弄られてはたまらなかった。同時に何箇所も虐《いじ》められつづけた結果、本格的に泣き濡れる。

顔だけ振り向き、もう許してくれと涙ながらに懇願した。

「光玲……も、堪忍…」

褥に脱ぎ散らかされた衣を両手で摑んで、かすれた声で何回も頼む。その嬌姿がどんな影響をもたらすかは想像もしなかった。なので、筒内の熱塊が嵩《かさ》を増して息を呑み、いっそう強く腰を打ちつけられて濫《らん》する。

「んあっ…あ、あぁ……ど、して…っ」

「そなたが美しすぎるせいだ」

「はあ？　って、光玲！」

意味不明の理由を主張した光玲の手は微塵《みじん》も緩まず、しばらく翻弄された。ようやく彼が吐精した頃には、秀輔の体力残量は微々たるものになっていた。

ぐったりして肩で忙しなく息をついていると、満足げな息を吐いた光玲が背中からのしかかってきた。後戯のつもりか、手と唇で素肌に甘く触れてくる所作もくすぐったいし重いしで、身をよじって抗う。

「う……退けってば」

「次はどのようにそなたを堪能《たんのう》しようか」

「…おい。それは三回目ってことか？」

「そうだ。なんと申しても、しばらくぶりの閨事ゆえな」

「……回復しすぎだし」

恐れていた事態の発生に、秀輔は床へ地味に頭をぶつけたくなった。いや、実際ぶつけた。

たしかに、都合十日程度の間隔が空いた。出会って以来、これほど身体を繋げなかったのは初めてだが、それくらいのスパンは普通なのではあるまいか。

だいたい、高熱で三日弱も寝こんでおいて、どうしてこんなに元気なのだろう。まだちょっとは後遺症とかあってもよさそうなのに、全快加減が甚だしい。いっそ、光玲の性欲を司る分野のみ呪詛で制御できたらいいのにと本気で思った。

秀輔の『俺はおまえのもの』発言で、なけなしの箍《たが》が外れた感のある彼の閨事が今後さらにエスカレートしそうで恐ろしい。

いまでも大概なのに、その欲望すべてを毎回受けとめていたら身体がもたない。絶対にセーブさせねばと忠告する間際、唇を啄ばまれた。

「んん」

「よし。いざ」

「は？　うわ、ちょっと!?」

　事前告知なく身を起こした光玲ごと、秀輔も抱き起こされて驚く。それも、繋がったまま胡坐《あぐら》をかいた彼の脚上に背後から抱えられて座らされたあげく、立てた彼の片膝に閉じられないよう秀輔の脚を絡められて固定されてぎょっとなった。

　突然の体勢変更に加え、自らの体重でいちだんと奥深くへ熱塊を迎え入れてしまって胸を喘がせる。光玲の硬度がすっかりもとに戻っているのも脅威だった。

「くうぅ……み、光玲…っ」

「秀輔、私のうなじより腕を回して摑まれ」

「な……」

「そなたの顔を愛でながらしたい」

「ばっ…あ、んぅん……っふ」

　露骨で遺憾すぎる要望を却下したくも、開脚状態の股間に伸びてきた手で性器をまさぐられて、弱々しくかぶりを振る。

　下から緩やかな突きあげも食らって惑乱した。

　不安定な身体が落ち着かず、言われるまま心ならずも彼の首筋へ腕を回す。一瞬、この変則的なヘッドロック姿勢で首を締めてやろうかと思ったが、胸裏を読んだように背中から回ってきた手で胸の突起を摘まれて挫折《ざせつ》する。

「あ、あっ……やだ…っ」

「嫌ではあるまい」

決めつけられて猛反発したかったが、残る片芽も口で悪戯されて身じろいだ。度重なる媾合《こうごう》で性感帯が高まっているところへの過剰な愛撫に、秀輔の理性も崩壊寸前に追いこまれる。

過度に与えられる悦楽が、そろそろつらくもなっていた。

「や……光玲……も、終わっ…」

「まだだ」

「っああ…ん、ぅ……ああっあ」

不意に抱かれた腰を持ちあげられ、埋めこまれていた楔が引きぬかれた。無論ぎりぎりで止まり、再度奥まで貫かれて叫号する。

それを繰り返されては、ひとたまりもなかった。その後も、脆弱《ぜいじゃく》部位だけでなく後孔内全体をこれでもかと弄り尽くされる。

身じろいで背を反らせば張った胸を齧られ、性器を揉まれて恨めしげに光玲の後ろ髪を引っ張ると唇を塞がれた。

とにかく、なされるすべての行為が濃厚すぎてわけがわからなくなりそうだ。

どうにかキスを振りほどき、間近にある漆黒の双眸をきつく睨む。

「光玲っ……いい、加減…っ」

「なんだ」

「しつ、こ…いってば！」

「そなたへの愛ゆえにこうなる。自然ななりゆきだ」

「限度が……ある、だろ」

「ない」

「そ……」

きっぱり言いきられた秀輔が、この世の終わりじみた表情を湛えた。

際限なく愛されるのは精神的に最上の幸せかもしれないが、肉体的な問題になると話は違ってくる。情事のやりすぎで、下半身を中心に若い身空で軽く廃人になるなど冗談ではないと情交抑制を真顔で申請したら、満面の笑顔でうなずかれた。

「案ずるな、秀輔」

「光玲…」

よかった。さすがにそれは心得ていたかとつられて微笑みかけた秀輔に、光玲が末恐ろしい宣告をする。

「そのうち慣れる」

「慣、れ……?」

「そなたの身体も、私がいまよりもさらに熟させる。さすれば、夜毎《よごと》に私を受けいれても苦にならぬようになるだろう」

「……っ」

最終的には、光玲に抱かれたくてたまらない淫蕩《いんとう》な身躯《しんく》に仕上げるつもりだと口元をほころばされて頬が引き攣った。問答無用で断固拒否の意思表明をしかけるも、腰を大きく旋回されて悲鳴にすり替わる。

性器もきつく扱かれて、辛抱できずに達してしまった。

「ん、あっあ…あぁぅ」

「よく締まる」

「くっ、う……嫌、あ……光玲、や…ぁ」

連動して引きしぼった後孔をねっとりと撫でられて周章する。彼を呑みこんだ状態のそこに触れられるのはひどく苦手だった。

逃れたいのに手足に力が入らず、忌々しい。縋った光玲の肩口に爪を立てて抑止したが、止まるどころか、その指先が熱塊に添うよう体内へ潜りこもうとして仰天した。腰をよじって抗いながら文句をつける。

「や、だ……光玲、なにす…っ」

「嵩増しだが」

「かっ…!?」

「そろそろ、私だけではそなたが事足りぬかと」

「こ、事足りまくりだし！」

「そうか」

むしろ、現状でさえ精一杯なのにとゆるゆるとかぶりを振る。

快楽にとことん貪欲な伴侶を、向上心旺盛《おうせい》で素敵と微笑ましくはとても見られなかった。自分も見習おうなどという気持ちにもなれない。

全力で指増量を阻んで叶ったはいいものの、本腰を入れて粘膜内を突かれて惑溺《わくでき》した。

「ああっ……ん、あぁ…あ……んっん」

「秀輔の蜜壺《みつつぼ》が満ちている音が聞こえるぞ」

「ゃ…っあ」

「淫らなれど、そそられる音色だ」

「やかま、し…っ」

結合部から生じる濡れた水音を指摘されて、羞恥心を掻き立てられた。微弱な抵抗は呆気なく封じられ、耳朶を嚙みながらなおも囁かれる。

「今宵はここが乾く暇もないくらいに、そなたを愛でる。覚悟はよいな」

「よくな……っあああ」

反論は最奥を熱塊で擦りあげられて抑圧された。間髪いれず、射精でとどめを刺されて身を震わせる。

入りきれずに溢れてくる精液に喘ぐ唇へ、光玲の唇が重ねられた。

「ん、う……嫌…っ」

「ああ。首がつらいか」

「え？　…っわ」

キス自体を拒んだにもかかわらず、体勢がきつくて応じにくいと判断したらしい彼が、秀輔を膝に抱えたまま両脚を閉じさせた。

大股開きが改善されたのはけっこうなれど、光玲が体内に残留中の横抱きというのはあまりありがたくない。脚が閉じた分、なんだか中の異物が大きく感じるし、微妙に角度も変わって官能が刺激される。

それ以上に、一番怖いのは萎《な》えない彼だ。吐精したそばから、驚異的なスピードで芯を持つのが実に心臓に悪かった。

「秀輔」

「ゃ、んん…っん、ん」

あらためて唇を合わされて吐息を奪われている間にも、光玲は硬さを増していく。

ぶっ通しで抱かれつづけて疲労困憊《こんぱい》の秀輔がせめて小休止をと、両手で彼の顔を挟んでキスをやめさせた。

「少しは、休ませ…ろっ」

「とりあえず、これが終わったらな」

「いますぐ……んあぅ」

即時休憩依頼はさくっと流され、完全復活を遂げた熱塊で中をかき混ぜられる。妙な体位で内壁をつつき回されて喘ぎ、また褥に仰向けに脚を開いて押し倒されて泣かされた。

光玲の一回は本当に長くて濃くて、快楽の無限地獄に堕《お》ちた心地だ。まさに、誰かから強力なエロ呪詛でもかけられているのではと疑いたくなる。

ようやく彼が射精したときには、秀輔は息も絶え絶えだった。

もう指一本すら動かせないほど憔悴《しょうすい》しながらも、危険物除去だけはすまさねばと気力を奮い立たせる。

「光、玲……ぬけ…」

「秀輔。愛している」

「んっ……わかっ、た…から」

「ゆえに、すまぬがいましばしつきあえ」

「はあ？　…って、おい！　やめろ、光玲っ」

「まことに、心からそなたを愛しているのだ」

「どこ、が……んあぁあ」

だったら労れと大絶叫しかけたが、吐息を奪われて嬌声に呑みこまれた。

いくらでも情交につきあうと誓願した己を秀輔が心底悔やんだのは言うまでもない。しかし、こんなにも愛情を注いでくれる相手はたぶんほかにはいないとよろこんでいる自分が、光玲と似た者同士なのも確実だった。


翌々日、数日ぶりに早めに出仕した秀輔は、光玲ともども清涼殿へ向かった。元気になった姿を見せろと帝に召し出されたのだ。

人払いがなされた身舎《もや》で、御簾越しでない帝と東宮を前に並んで座して平伏する。

「御上と東宮さまにおかれましては…」

「堅苦しい時儀はよい。面《おもて》を上げよ」

「は」

「此度は難儀であったな。なれど、ふたりそろって本復してなにより」

「過分なお心遣いを賜り、恐縮です」

先日の乱入時の無礼を挽回すべく丁寧な態度を取る秀輔を帝が愉快そうに眺めて、ふと端整な口元をほころばせた。

「うむ。まあ、閨事疲れは愛嬌《あいきょう》だろう。そなたの首の吸い痕も」

「!?」

「のう、光玲」

「…御意」

「こ、これは……あの…っ」

色疲れを指摘されて咄嗟に首筋を両手で隠す所作に出たら、いちだんと笑われた。そば近くにいる東宮にも、相変わらず仲がいいとからかわれて赤面する。隣の光玲を見れば、苦笑を浮かべてはいるものの一言も否定しない。

光玲が秀輔のために生涯独身を貫くこともすでに知られていて、いっそう冷やかされて恥ずかしかった。

こうもあからさまな揶揄《やゆ》はなくても、今後は宮中の人全員に公認カップル扱いされるのだと思うと出仕拒否になりそうだ。

末永く仲睦まじくと祝福され、悪態をこらえてぎこちなく礼を述べた。

本格的な出勤は明日からなので、御前を辞したあとは車寄せへ行く。その途中で数人と貴族とすれ違ったときも、なんともいたたまれずに俯きがちな挨拶ですませた。それが彼らの目にはいちだんと儚く憐れな風情に映った自覚はない。

しばらくはこんな感じかとげんなりしつつ見遣った先に、惟頼がいた。どうやら、ちょうど出仕してきたところらしい。

どことなく物憂げな表情の彼に、秀輔は速足で歩み寄って話しかけた。

「おひさしぶりです。惟頼さん」

「！」

まさか声をかけられるとは思ってもみなかったのだろう。驚愕《きょうがく》と困惑もあらわな面持ちで足を止めた惟頼が躊躇いがちに返事を寄こす。

「…ご機嫌よう、秀輔殿。仲野殿も。では、わたしはこれにて失礼いたします」

どこか遠慮がちな態度で、やはり父親の一件で周囲から距離を置かれているのだと察した。一《いち》揖《ゆう》して去りかけた彼の手を秀輔がすかさず取ると、見開かれた双眸と視線が合う。

「わたしは明日からまた出仕しますが、これまでどおり話し相手になっていただけますよね」

「秀輔殿」

「猫と会わせてくださる約束をお忘れですか？　州浜づくりも見たいのですけれど」

「いえ。ですが…」

「事情がどうであれ、惟頼さんはわたしの友達です」

「……っ」

今回のことでの周りのことなど気にせず、胸を張って堂々としていればいい。父親はともかく、惟頼はその企てには関知していないのだからと言外に含ませた。それと、少なくとも自分と光玲は、これまでどおりのつきあいをするつもりでいるとも匂《にお》わせる。

初めて会ったとき、なんの打算もなく優しくしてくれた彼に恩返しもしたかった。

しばらくの後、惟頼が滲むような笑顔を湛えて小さくうなずく。

「あなたは真実、月華の君でいらっしゃる。その御名に相応しく眩《まばゆ》いばかりの御心に、心より感銘を受けました」

「い、いえ。大仰すぎます」

「とんでもない。星の煌めきをも凌ぐ月光は、人々の寄る辺でもあるのです。まさしく、あなたでしょう。しかも、淑《しと》やかで奥ゆかしく思慮深く、美しさまで兼ね備えておいでだなんて素晴らしい。どんなに妍《けん》を競って咲き誇る花々も、あなたの前では霞《かす》んでしまう」

「……十割近く妄想かと…」

「そのような方の友人に加えていただけで幸せです。末代まで、この栄誉を伝えていきます」

「…ああ。そうですか。どうも」

地味に興奮ぎみの惟頼を制御できず、無念ながらあきらめた。己を讃美しまくられて眩暈を覚えたが、悪い人ではないのだ。ひさびさの麗句洗礼を耐えていると、しまいには地面に片膝をつき、秀輔の片手を押し戴《いただ》くようにされて天を仰ぐ。

ポエマーぶりを炸裂《さくれつ》させる友人を扱いかねて途方に暮れる秀輔の耳に、噴きだす音が聞こえた。

見れば、光玲が肩を揺らしている。

憮然として彼を睨み、小声で囁いた。

「おい。笑ってないで、この勘違い詩人をどうにかしろって」

「そなたの自業自得だ」

「俺がなにかしたかよ？」

「私の愛しい月華の君は、どうにも無自覚で困る」

「月華の君って言うな！」

思わず声を荒らげてしまってまずいと焦る秀輔と、そんな秀輔に目を丸くしている惟頼を見て高らかに笑う光玲の声が、まだ薄暗い大内裏の空に響き渡った。

あとがき

このたびは平安時空奇譚『覡《かんなぎ》の悠久の誓い』をお手に取ってくださり、ありがとうございます。

まずは、関係者の皆様にお礼を申しあげます。イラストを描いてくださったＳＩＬＶＡ先生、お世話になっております担当様、ＨＰ管理等をしてくれている杏さんもありがとうございました。

次に、担当様からも確認を受けましたので、少々補足いたします。平安時代に秀輔の跳躍先である「天和《てんわ》」という元号や年代は存在しません。また、現代日本において、中世を鎌倉時代以降と区分する説が多いと認識しておりますが、一部の学者様に中世は平安時代以降という説を主張されている方がいると聞き、秀輔の師事していた大学教授は少数派設定が相応しいと考えまして、同様に秀輔も平安時代以降を中世と認識している次第です。学校等で習われている内容とは異なるかもしれませんので、テストには先生に教えてもらったほうを答えてください（笑）。

最後に、この本を手にしてくださった読者の方々に最上級の感謝を捧げます。少しでも楽しんでいただけましたら幸いです。お葉書やメール、贈り物もありがとうございます。

それでは、またお目にかかれる日を祈りつつ。

牧山とも　拝

約1年半ぶりの平安チーム!!
秀輔たちとの再会が叶って
とても嬉しかったです♥ 新キャラの
和ェマ、惟頼さんや光玲パパ。
澄磨さんと季忠さんのラブフラグ!?
先生… 続きが読みたいです。
描かせて頂きありがとうございました。
惟頼さんがなんだか気になる SILVA♥

この本を読んでのご意見・ご感想・
ファンレターをお待ちしております。

〒101－0051
東京都千代田区神田神保町2－4－7
久月神田ビル7F
(株)イースト・プレス　アズ・ノベルズ編集部

平安時空奇譚　覡《かんなぎ》の悠久の誓い

2012年4月10日　初版第1刷発行

著　者：牧山とも
装　丁：㈱フラット
編　集：福山八千代・面来朋子
発行人：福山八千代
発行所：㈱イースト・プレス
〒101−0051
東京都千代田区神田神保町2−4−7
久月神田ビル8F
TEL03-5213-4700　FAX03-5213-4701
http：／／www.eastpress.co.jp／
印刷所：中央精版印刷株式会社

ISBN978-4-7816-0752-8　C0293

オール書き下ろし！
アズノベルズ
AZ・NOVELS
究極のBLレーベル
同時発売！
毎月末発売！絶賛発売中！